ハリセンいっぽん

浅生鴨

neconos

ネコノス文庫

もうこうした形で雑文集をつくることはないだろうと思っていたから、以前つくった『雑文御免』と『うっかり失敬』のカバーには「おそらく最初で最後の雑文集」と書いたのに、なぜかまたしても雑文集をつくることになった。

たいして何もせず適当にぶらぶら暮らしているはずなのに、不思議なことに年月が流れると、あちらに書いたもの、こちらに書いたものが少しずつ溜まって、それなりの分量になっていた。年月とはすごいものである。

しっかりした商業誌に寄稿したものはさておき、基本的にはどれもこれも本当に雑文ばかりで、ダジャレもあれば、ただの愚痴もある。はたしてこれらを人様の目に触れさせて良いものかどうか怪しいのだが、書いたものが散らばることを防ぐのを第一の目的にしてまとめることにした。

いざ集めて並べてみると、二〇二〇年ごろからの新型コロナウイルス感染症の蔓延の前後で自分の生活態度やものごとへの関わり方、考え方が、どこかで大きく変わったようにも感じられて、僕としてはなかなか興味深いものになっている。

雑誌やWEB媒体に寄稿したもの、ｎｏｔｅに書いていた小文に加えて、そうした日記のような文章や愚痴などは、あまり人目に晒すものではない気もするのだが、ある一時期の記録としてあえて削除せずに載せることにした。自分ができないことへの言いわけやら、世に対する愚痴やらを恥ずかしげもなくつらつらと書いているが、これは一種の「ぼやき芸」として読んでいただければ救われる。

あいかわらず何を書いているのかわからないデタラメなツイートのほか、ずいぶん昔に書いた原稿なども出てきたので、これらも載せることにした。

さて、さすがに今回は一冊で収まるだろうと思っていたのだが、結局のところやっぱり量が多くて収まらず、またしても二冊にわけることになった。

それぞれ『脳天にスリッパ』『ハリセンいっぽん』なるいい加減な書名にしたものの、別にスリッパやハリセンが出てくるわけではないし、そもそも内容にも大きな差はない。本当は合わせて一冊くらいの気持ちなので、収録する原稿も、掲載する順番もぜんぶクジ引きで決めたのだ。雑文集らしくいろいろ雑なのだ。

なによりも僕が本当に雑だなと感じたのは、今あなたが読んでいるこの「はじめに」の文章が『脳天にスリッパ』と『ハリセンいっぽん』で、まったく同じだという点だ。疑うのなら、もう一冊を手にして確認してみるといい。

この雑な文集が、せめてもの時間潰しになれば幸いである。

目次

§「はじめに」のような　2
間に合うのだろうか　9
泣ける　12
オリンピック・パラリンピック　13
すごいと思われたい　14
祝辞に代えて　15
チョイ住み　18
高いフライドポテトが見せる　20
とかくタクシーの話題になると　22
冷たいのではなく　24
生きている尻と死んだ尻　26
私だけのスイッチ愛　27
書かないこと　30
もっとマシな嘘を　32
隣の芝生にしか青は存在しない　33
ソーシャルじゃないメディア　36
空いたホテルを　38
問屋が卸してくれない　40
好きなフリをしている　42
雄と雌のツイート　43
曖昧になる個に　46
♪ アップトゥデート　48
たくさんの小さなものを　49
物語を食べている　55
一つずつしか　56
選ばれる側の倫理　59
知りたいのは熱量　63
七年間　64

ノーパワーノーポイント 65
わりと依存していた 69
§ つじつまあわせ【辻褄合わせ】 71
♪ みんなでワクチン 72
ピアニストに求めるもの 73
人生は自信くらべ 75
♪ リンクルスター 76
五年経つと 77
きっと僕は戻れない 78
明日、帰ります 80
よこしま 82
ディティールへ逃げる 86
ひーとなる 88
変わったのはバランス 90
残せたらいいのに 91
指名されなくても 95
僕は遅い 96
シュークリームの空 97
三つ星の定食屋 98
黄表紙 100
存在しない未来 104
社会のすごいはあまりない 106
新刊と新番組 107
縦方向へは伸びていかない 108
♪ 明日はトゥモロー 110
愚かにもまるで今 111
おみくじ 114
見たものを見る目 116
ワクチンあれこれ 119
お姉さんの目論見 126

ただ一文 130
誘ってもらえる 132
お手本を示すようなものを 133
ゴジラに砂肝はあるのか 134
猫に置き換える 135
どちらも正しくない 137
アジア的メンタリティ 138
メインワードは資本 139
食べるのだいすき 141
「ラブレター」制作日誌 143

ひょんなことから 143
幡野広志『ラブレター』制作中 154
印刷所へ行ってきた 162
表と裏を合わせたい 170
何も言うことがない 178

「ちょっとしたもの」はまだ秘密 191
印刷が終わったら製本である 195
そしてこの本をきっかけに 205

無限のループ 209
少しだけ味わえればいい 210
広告は商品に含まれている 212
やる気スイッチ 213
文学フリマへの参加について 214
継続は力なりなのだな 219
二つの世界 220
自分に指示を出す 223
やりづらいだろうなあ 225
いま非日常にいる人たちが 227
伝えたいのは 228
もっとバカになりたい 229

100%の国 230
入りづらい専門店 231
試みと実験 232
僕はずるくて汚い 235
神はどこまで嘘をつけるか 236
僕たちは綻びを抱えたまま 237
とにかくめんどうくさい 241
敗級 242
まったく読む必要のない記事です 243
基準は自分の中にある 244
かつてそれは確かにあった 246
僕は好き嫌いが多い 248
知っていた 250
ヤツら、ただものじゃない 253
東京ロックダウン 257
最後の仕事 258
『街の上で』を観てきた 260
対案よりも 262
僕の役には立つ 263
何だか気味が悪い 267
オンライン会議 269
一億総安心 270
ことばの外 271
二番じゃダメな理由 273
夢と真実 274
僕の美男美女 275
向こう側とこちら側 277
正しい肩書き 279
『SF作家オモロ大放談』 282
ハリセンいっぽん 284

□間に合うのだろうか

僕は今またしても同人誌をつくっている。参加者が十数人を超えた、個人で編集するにはやりすぎ感のある同人誌である。タイトルは『雨は五分後にやんで』。

本をつくるときは、まず大きな紙に両面印刷して、これをちゃんとページ順になるように折りたたんだもの——これを折丁という——を重ねていく。

折っている部分は袋とじ状になっているので、重ねたあとまとめてカットすることになる。両面印刷してあるから、二回折れば八ページ、三回折れば十六ページ、四回折れば三十二ページぶんがまとめて出来上がっていく。

たいていの本は、この単位でページ数が制限されている。そうしないと紙がもったいないのだ。ちなみにこの折丁は、台という単位で数えることになっている。

折りかたにもよるけれど、普通の大きさの書籍なら十六ページ単位、文庫本なら三十二ページ単位になっていると思う。文庫は一ページの大きさが小さいので、折る回数が増やせるのです。

たとえば、もしも二百六十四ページの本をつくろうとしたら、十六ページの折丁が十六台（これで二百五十六ページ）と八ページの折丁を一台重ねることになる。もし二百七十ページの本なら、十六ページの折丁が十六台、八ページの折丁が一台、四ページの折丁が一台、さらに二ページの折丁一台が必要になって、こうなると紙の効率が悪いので印刷代が高くついてしまう。この場合には、むしろあと二ページ増やして、十六ページの折丁を十七台重ねる（これで二百七十二ページになる）ほうが安くなる。

ちょっと複雑だけれども、とにかく中途半端にページ数を少し増やしたり減らしたりするよりも、一枚の大きな紙からできるだけたくさんのページをつくり出すほうが、結果的には効率的なのだ。

僕のつくっている同人誌はできるだけ印刷・製本代を安くあげたいので、常に十六ページ単位で考えている。

参加者から届いた原稿を編集して割付けたときに、きっちり十六ページ単位に収まっていれば万々歳だけれども、もちろんそんなふうにはいかない。だからといって、いただいた原稿を増やすわけにも削るわけにもいかない。もちろん文字の大きさや行間などで多少の調整はできるけれども、基本的に中身を変えることはしないから、そう簡単に十六ページ単位にはならない。

そこで僕がやっているのは、自分の原稿を最後に書くことだ。全員の原稿を並べたあと、残り何ページであればきっちり十六ページの倍数になるかを計算して、そのページ数で原稿を書くことにしている。ちょっと職人っぽい書き方だけれども、こうすれば、まちがいなく十六ページ単位に収まるので、いちばん効率がいいのだ。

このやりかたの問題は一つ。全員の原稿が揃わない限り、自分がどれくらいの長さの原稿を書けばいいのかがわからないことで、それがわからないと何を書くかも決められない。これがなかなか痺れるのだ。

今まさに僕は、自分は何を書くのかを決められないまま、全員の原稿が届くのを待っている。はたして僕は間に合うのか。本当に大丈夫なのか。それよりも、全員の原稿がちゃんと集まるのか。その答えは、五月の文学フリマでわかることになる。

「ｎｏｔｅ」二〇二〇年三月十七日

□泣ける

「笑った」とか「泣いた」っていう感想はわかるけど、「笑える」とか「泣ける」っていう感想はわからない。本当はわかっているけれど、できるだけわかりたくない。「笑える」とか「泣ける」がわかったらダメな気がする。自分の感情を裸のまま出さない気持ち悪さ。うまく言えないけど、ダメな気がする。

東京の最高気温、2月で20℃ってことは、3月には30℃、4月には40℃、12月には120℃になる。

やる人はとっくに始めている。やらない理由、できない理由を探すことなく、やってから考える。やりながら考える。難しい顔などせず、笑顔で楽しみながら。シャラドが学校つくったときもそんな感じだったよね。まずは崖から飛んでみる。地面にぶつかるまでに飛行機を組み立てて飛べばいい。

超呼吸。尻から吸って、耳から吐く。

「再生可能エネルギー」って言葉が物理法則を無視している感じでどうも納得いかない。

スタジオに入って、いろんな楽器を大音量で同時にでたらめに鳴らして、不協和音を全身で浴びたい。ぐちゃぐちゃの低音と耳が痛くなる高音に包まれたい。

オレ、神戸生まれの山育ち、坂道上っても息切れない奴だいたい友だち、海もあるけど泳げない

カッターの刃先が滑って、左の親指の先がざっくりぐずぐずになってしまったので、とりあえず消毒液にびちゃびちゃに浸した後、ガムテープで留めてごまかしている。以前もこれでくっついたからたぶん今回もくっつくはず。

『メル・ブルックスのドタバタ東京オリンピック』上映されていたら観たい。

オリンピックのシンボルマークである五輪は、左から順に知力、体力、時の運を表しています。

前にも書いたけど、ＪＯＣ＆ＪＰＣ＆ＩＯＣ＆ＩＰＣには何度も何度も嫌な思いをさせられて、それでもパラスポーツの普及に繋がればと十数年我慢してきた。でも、最後の最後に堪忍袋の緒が切れて、それ以降はオリパラの仕事は断っている。たぶん今後も二度と受けないだろう。本当に、もうどうでもいいと思っている。テレビでも見ない。ネットニュースで結果を知ろうとも思わない。それが僕の抗議方法。

おもしろ五輪、おもしろが加速しすぎて五輪が忘れられようとしている。

同じときに同じ場所にいても、見えるものは人によってこんなにちがうんだな。あの映像作家が見つめた東京五輪は、僕に見えた東京五輪とはまるでちがっていた。それは単に「見えた」ものと「見つめた」ものとの違いなのだろうか。

無観客、無選手、無審判です。無理ンピックです。

無観客！　無選手！　無審判！我ら併せて無リンピックッ！！

パラリンピックの開会式、めちゃくちゃ楽しいミュージカルみたいになるといいな。（リオのときにそういうCM企画してボツった）

オリパラの開催そのものについては、僕は賛成も反対もないんです。ただ、超法規的、恣意的な進め方はおかしいし、透明性の無さも気に入らないし、その都度その都度で、説明無くものごとの前提条件が変わるのがイヤだってだけ。それを許しているとオリパラ以外でもぜんぶそうなりかねないから。

東京オリ・パラの四式典は、日本の伝統的な文化態度の一つである「わびさび」をテーマに、静かで厳粛なものとなった。無人の会場で点火された聖火には、平和への想いやコロナで亡くなった方への敬意が込められ、のちにこの大会はワビリンピック・サビリンピックと称された。
（『詫寂輪書』民明書房）

□すごいと思われたい

まわりの人からすごいと思われたいとか、誰かをうならせたいとか、そういうことを考えてものをつくると、たぶんあまりうまくいかない。こうしたほうが、きっとみんなも喜ぶだろうし、僕もうれしいってことを丁寧にやる。たぶん、そのほうがいい。

先程、スペースコロニーに隕石が衝突して、エネルギーコア装置が停止しました。このままでは全ての機器が停止します。あと、外壁に大きな穴が開いてどんどん酸素が失われています。でも大丈夫。夕方に予定されている宇宙連合主催のパーティは開催します。居住者はそれまで息を止めていてください。

現地の人に食べろって言われたから食べたら「こいつ本当に喰ったよ」って爆笑された。これ何?って聞いても絶対に教えてくれなかった。

僕は理論上、だいたい日付をまちがえます。

「ものごとは単純ではない」ってことをちゃんと伝えてくれてありがたい。白黒にわけて考えるのは楽だから、ついはっきりさせたくなるけれど、漆黒から明白に至るグラデーションの中で、その誘惑に耐えて想像しつづけるのが知性。

柿ピーと牛乳との組み合わせの素晴らしさについては、いつか全人類に知らせたいと思っている。

豆知識ですが、そうめんは、ちょっと長めにうでたあと、しつこいくらいに徹底的に水で洗うと、ものすごく美味くなるのです。

こんな夜更けに炭水化物かよ。

祝辞に代えて

Ｈくんはいつも走っている。あれもこれもと興味や関心の尽きない人だから、忙しくて本当に走っていることもよくあるのだろうけれど、本当のところはよく分からない。

僕が言っているのは、Ｈくんを見ていて僕が感じている印象だ。Ｈくんはいつも全力で走っている。僕はそんな風に思っている。

僕とＨくんは同じ組織に所属していたし、ときどき会ってご飯を食べるようなことはあったのに、一度もいっしょに仕事をしたことはなくて、Ｈくんがどんな風に現場で取材をしているのか、どんな風に本番に臨んでいるのかは、実は、よく知らない。

僕も多くの視聴者たちと同じようにテレビ画面を通じて見ていただけだ。ああ、今日も髪の毛がすごく跳ねているなあ、なんてことを思いながら。

でも、Ｈくんも僕も放送局にいながら、放送だけに頼らない新しいコミュニケーション方法って何だろうだとか、僕たちに本当に求められているサービスってどんなものなのだろう、なんてことをそれぞれお互いの場所で探していたわけで、そういう意味では同僚というよりは、どちらかといえば戦友に近いんじゃないだろうかと、僕は勝手に思っている。

マジメなようでいて、案外とふざけているし、きっちりとしているように見えて、いろいろ抜けていたりするところなんかも、多くの人から好かれる愛嬌になっているのだろう。とにかく自分が前に出てなんとかしなきゃいけないのだという、少し青いところもあって、その上、生放送で果敢にエロトークへ挑む勇気さえ持っている。いつもやる気のない僕からすると、Hくんは眩しくて直視できないほど輝いている。なんだこれ、褒めすぎてないか。

褒めすぎるのもなんだから、少し文句を言っておくけれど、Hくんはまちがいなくイケメンで、それがとても腹立たしい。Hくんと一緒にいると女性たちから「きゃあ、Hさん！　いっしょに写真を撮ってください」なんて言われて、彼はニコニコしながらカメラに収まっているのだけれども、すぐ隣にいる僕たちは、彼女たちからシャッターを押すことさえ頼まれない。まるで置物か何かのような目で見られているだけ。なんだこの差は。

それはきっと、Hくんは走っていて、僕たちは走っていないということなのだろう。けっして陸上選手のように美しいフォームで走っているわけじゃない。むしろ、見た目はドタバタしながら、時には不格好なフォームで、あるいは子犬のように大はしゃぎしながら、それでも何とかあのゴールにたどり着くのだと、前だけを見つめて全力で走っている。

しばらく一人きりで走っていたHくんが、共に走る仲間を得た。これでもっと遠くまで走れるようになるのだろう。これまでよりも遥かに。

Hくんの結婚式にて配布　二〇一二年七月

▢チョイ住み

僕はもう、芸能人がランドマークを訪ねて喜ぶような旅番組に飽き飽きしているんです。どのチャンネル回してもそんなのばっかり。あんなもの、僕は見たくないんです。今までまったくテレビで見たことのない旅番組が見たいんです。

なんでそういう番組がないかっていうと、番組の作り手がそういう旅をしたことがないからでしょ。知らないんですよ。世界にはいろんな旅のスタイルがあるってことを。ガイドブックを持って観光地を回る旅しかしてないから、きっと。

だから、こんな旅のスタイルがあるんですよ、視聴者のみなさんもこういう旅をしてみませんか？　こうすればできますよってことを、新しい旅のお手本を見せる番組が作れたらいいなって思うんですよね。その街に住んじゃうようなやつ。

やるならそういう旅を見せたい。

出演者たちが「わーきれー」とか「うーんおいしー」とか言ってにっこり笑うような番組は誰にでも作れるし、そんなのがやりたきゃ、そういう番組枠でやればいい。何かの焼き直しとか、どこかで見たことがある番組とか、そういうのじゃなくて、新しいことをやらないともったいないでしょ。だから自炊。買い物して自炊。編集や映像も、見たことのないものにしてね。自撮りでもいいです。

ナショジオチャンネルのレストアカー番組なんて半ドキュメントで、作業に密着してるけど、絵作りはがっつりやるし、変なカットは入るし、見ていると、え？ 今の何？ どういうこと？ って頭ポーンって叩かれるみたいなことがガンガン紛れ込んで来て、しかも一切説明しないし辻褄が合わないままどんどんすすんでいくんだけど、それってまさに旅そのものじゃないですか。

理不尽な体験。見ている側も一緒に体験していく感じ。何があっても構わないし、何も起こらなくても構わない。無理に何かやらせたくないし。だから、ああいうテイストの編集、カット割りとか映像のルックで旅番組をやれば、うわＮＨＫが何か変なこと始めた、ＮＨＫなのにこんな番組作ってるって言われると思うんですよ。ぜんぶ出演者の自撮りでもいいんですよ。

で、中身はみんなが知らない旅のやり方を見せる番組。新しいスタイルをバンバン教えちゃう。しかも、まねをする人たちがどんどん出てくるようなもの。そういう企画なんです、この『チョイ住み』ってのは。ね？ やりませんか？

高いフライドポテトが見せる。
嬉しい音楽家がわかる。
恋しい洗濯機が語る。
拙い半年後がにじみ出る。
憎い刺抜き地蔵が友達になる。
艶かしい犬が転生する。
かわいい肉が這い出す。
近いドリンクが再現する。
黄色いおいしいものがあげる。
青いお相撲さんが剥げる。
悲しい留学が感謝する。

激しい独自路線がすすめる。
長いラーメン大学が変わる。
暑い海が見つける。
寒いケチヤツプが乾く。
赤い私小説が抜く。
麗しい熱血リーダーが開く。
悔しい予約が決意する。
丸い世界選手権が使う。
楽しい業務が教える。
苦しい八王子が展示する。
甘いマカロンが届ける

とかくタクシーの話題になると

台車も急には止まれない　撮影：本紙記者

急増する〝いきなりの停車〟

ここにタクシーのことを書こうと思って、なかなか書けずにいるまま、たぶんもう半年以上になる。というのも、何をどう書こうとしても結局のところ、最近のタクシーはという文句苦情を書くことになってしまいそうだからで、それはタクシードライバーから見ればあまり嬉しいことではないだろうし、場合によっては傷つくかもしれないなあと感じていたからだ。それでもまあやっぱり書くことにした。そしてもちろん、書くのは文句苦情になる。

車の運転をしているとき、僕はタクシーの動向にはなかなかどうして厳しい注意を向けているほうで、それはたぶんかつて僕がオートバイに乗っていたからなのだろうと思う。タクシーは客の乗降のためにいきなり停車することがあるから、急ブレーキが即転倒につながるオートバイにとってはかなりやっかいな危険物なのだ。

そういう視点でタクシーを見ていると最近はと言いつつ、もうここ何年も同じような感想を持っているから本当は最近ではないのかもしれないけれど、いきなりの停車がますます乱暴になってきたように思うのだ。

以前はウインカーを出して道端へ寄ってから停まっていたタクシーは、今ではもう道の中央で何の合図もなく停まるし、場合によっては路地の入り口を塞いだり、ひどいときには交差点の真ん中で客を乗降したりするから、びっくりするし、そんな停まりかたをしたら大事故が起きかねないぞと心配にもなる。

強引な客にも問題が？

どうしてタクシーがいきなりあんな乱暴な停まりかたをするようになったのだろうと考えてみると、もちろんあきらかに法律を守る気のないダメなドライバーもいるのだけれども、たぶんそれよりも客の問題のほうが大きいんじゃないかという気がする。

道の端でタクシーに向かって手を挙げている人たちの中には、いやそこでタクシーを停めちゃダメだろといった場所に立っている人がそれなりにいて、そういう人はたぶん自分がその場所にタクシーを停めることによって何が起きるかまでは考えていないのだろうし、降りるときも今ここで降りたい降ろしてくれと急に言っているんじゃないのかなと思うのだ。

道路交通法を超えた神的存在

ドライバーにしてみれば、目の前で客が手を挙げていたら、たとえそこが多少交通に問題のある場所でも通過せずに停まって乗せたいだろうし、今ここで降りると言われたら、いやここはダメです危険ですからもう少し先で降ろしますとはっきり言うこともできないのだろう。

以前はいい加減な場所で停めようとしたら、いやここは交差点ですからその先で停めますよだとか、曲がり角から五メートル以内は停められないんですよすみませんね、なんてやんわりと注意されていたように思うのに、今ではもうそれを言わない。たぶん客が言わせないのだ。ドライバーにしてみれば、うっかり何か言えばすぐに苦情電話を入れられるようなご時世で、客に逆らうなんてことができるはずもない。いつしか客は、道路交通法をも超えた神になったのだ。

もちろん、ここまで書いたことはぜんぶ僕の勝手な妄想だし、的外れなことを言っているのかもしれない。でも、あんがい当たっているように僕自身は感じているのだけれども、どうだろう。

「ここはどこ？」

とにかくタクシーの話題になると多くの人がどちらかといえば、こんな目にあった、こういうひどいドライバーがいたという話をするように僕は感じていて、こんなにステキな思いをしただとか、とても素晴らしいドライバーに出会ったといった話はあまり聞かない。聞いているのかもしれないけれど、少なくとも僕の記憶にはない。

そうそう、最近聞いたタクシーの話題で思わず笑ってしまったのは、知人の某映像作家が繁華街の外れでタクシーを停めて乗り込んだとたん、ドライバーから「あの……ここは、どこでしょうか？」と聞かれたという話で、そのめちゃくちゃな迷いっぷりから考えるに、もしかしてそれは僕じゃないのだろうかと密かに思ったのだった。

（社会部・浅生鴨）

猫はタクシーの運転ができない

☐冷たいのではなく

寒い鼻の奥、ちょうど目の裏あたりに熱がこもっていて、その熱は喉の奥に流れ込んでいくものと、目の端から外に漏れ出すものに分かれている。

背中の中心では、体の内側から背骨を握られたような感覚があって、その感覚はそのまま首筋へつながり、首の後ろへ達したところで寒さに変わる。冷たいのではなく寒いのだ。

片方の鼻の穴からは絶え間なく水が垂れ落ち、かむと青白いどろりとしたものが出てくるのに、ポタポタと垂れてくるのは透明な液体ばかりだ。

頭全体がこめかみのあたりで締め付けられ、後頭部へ引っ張られている。

腰には力が入らない。ちゃんとそこに腰がある気がしない。

全体的に自分自身の輪郭が薄れているようで、体の外部と内部の境目があやふやになりつつある。

視界も狭くなっていて、特に左右両端と下側の視野はずいぶん失われている。前方だけは見えるし、今は前方しか見る気がしない。

胸の奥から腹にかけては熱の塊があるようで、ときどきその塊が硬くなって動く。動くと咳が出る。咳が出ると喉が痛むので、あまり痛みが出ないように、そっと咳をしようと試みたものの途中で咽せてしまって、かえって痛みがひどくなった。

風邪である。ひどい風邪である。

じっと動かずに立っていると、足元に空いた穴からゆっくりと地面の下へ全身が沈んでいきそうな気さえする。

それにしても寒い。寒さの周りには熱がある。いや、周りに熱があるからこそ、熱のない部分を寒いと感じるのだろう。風邪は辛いものの、冷たいと寒いはまるで違う感覚なのだと自分の体を使って知れたのは収穫だった。

□生きている尻と死んだ尻

何年か前、某出版社の人が酔って「あのね鴨さん、尻にはね、生きている尻と死んだ尻があるんですよ。そして私の尻はもう死んだ尻なんですっ！」って泣きそうになったのを見て、この某出版社おかしいって思ったんだ。なぜ今になって急に思い出したのかわからないけど。角川文庫の本を手にしたからかな。

🐦大人は卑怯だし、都合よく話をすり替えるし、嘘をつくし、いざとなったらごまかすし、何かあっても責任は取らないから、子供は大人なんて信じちゃダメだし大人の言うことなんて聞かなくていい。でも、少しはバカなことを子供と一緒になって夢中でやる大人もいるんだってことは知っておいて欲しい。

🐦やる気ノンノン！　無気力まんまん!!

🐦いつ代表に呼ばれてもいいように、来月から腹筋を始めるぞ！

🐦年内に何とかします！　なお、僕の年内は1月10日ごろまでです。

🐦ぐうの音も出ないが、ぱあの音は出る！

🐦物書きの知り合いが「政治的なことや社会的なことを書くと炎上するから、そういうものは避けている」って言っていて驚いた。僕たちは社会的生物だし、政治は生活そのものなのだから、何をどう書いたって政治的なことや社会的なことが滲み出るに決まっているじゃん。それを書かずに何を書くのさ？

🐦不誠実であることに誠実でありたい。

🐦午後3時の新宿ルノアールへ行って、ビッグビジネスチャンスに誘われている子たちに「やめときな」って言って、誘っているうさんくさい若者たちに取り囲まれてぶん殴られたい気分。

🄱 私だけのスイッチ愛

普通に暮らしているだけで、私たちは毎日たくさんのスイッチに出会います。家の中でも職場でも乗り物でもお店でも。押したり倒したり捻ったり回したり。押したという感触のするスイッチもあれば、何も感じないものもあります。ああ、私は毎日こんなにスイッチに触れているのに、これまであまりスイッチのことを想っていなかった。ようし、たまにはスイッチのことを考えてあげよう。とことんマニアックに考えてみよう。私はそう思ったのです。誰にもわからない私だけのスイッチ愛。そんなベスト3です。

押すタイプのスイッチにもいろいろありますけど、自動販売機やゲーム機についているようなものはダメ。押したらカチッという音がして凹んだところで止まり、もう一度押したら元に戻るあれ。オンとオフが切り替わるあのタイプが好きなんです。スイッチの高さが物理的に変わるところがいいんですよね。ちゃんと世界に影響を与えているんだっていう実感が湧くんでしょうね、たぶん。だから第3位は押しボタンスイッチ。最近の押しボタンスイッチはタッチパネル型やモーメンタリ型が増えちゃって、オルタネイト型好きにとってはかなり残念な流れです。物理的な変化のあるスイッチでは、ロータリースイッチやスライドスイッチもきらいじゃありません。

棒のようなものがニョキッと突き出ていて、それをパチンと左右（とか前後）に倒すタイプのスイッチは、押しボタンタイプに比べて何かの実感が増量されている気がします。スイッチ感が高いというか、スイッチ度が増しているというか、これぞスイッチっていう感じですよね。昔のバスの運転席にはこのタイプのスイッチがたくさんついていて、ああ、このスイッチをぜんぶオンオフしてみたい！　とよく思ったものです。第2位はこのタイプ、トグルスイッチです。学生時代、電気の専門の人から小さなトグルスイッチをもらって、ポケットの中でよくパチンパチンとさせていたのは、今となっては懐かしい思い出です。エアクッションをプチプチつぶすのもきらいじゃないんですけれど、つぶしたら無くなっちゃうじゃないですか。その点スイッチなら、いくらパチンパチンとさせても無くなりませんからね。一つ持っているだけでかなりお得だと思います。個人で持つならこれでしょう。家族で持ってもいいと思います。

そして第1位は、ＳＦ映画などによく出てくる大きなレバー型のスイッチ。電圧とかパワーといった言葉が似合うようなタイプのあれです。メインパワーを切ります！　などと言いながらあのレバーを倒すなんていうのは、スイッチ好きにはたまらないシチュエーションですけれど、それってきっとかなりピンチ状態のような気もするので、これは憧れるだけにしておきます。

もう一つ。番外編ですけれど、なかなか探しても見つからないのがやる気スイッチ。もしもこれがポケットに入っていて、いつでも自由にオンに出来るとしたら、かなりいいなあと思いました。

講談社『群像』二〇一三年四月号

□書かないこと

宇野さんとのトークイベントで僕は、サービスをつくった人たちの予想外の使い方をしてみたいんだ、プラットフォームに書かされないようにしたいんだ、なんてことを言っていて、

TwitterとInstagramではなんとなくやりかたを見つけていたものの、このｎｏｔｅだけはかなり曲者で、いろいろと試してみるのに、どうも自分では納得がいかない。

恐るべきことに、このｎｏｔｅは、絵も音も写真も文章も通販リンクも、あるいは直接的な金銭の請求でさえも、躊躇うことなくぜんぶフラットに呑み込んでしまうプラットフォームで、ここに何を書いても書かされている感じから逃れられないんじゃないだろうか、ｎｏｔｅっぽいものになってしまうんじゃないかという気がしてならなかった。

なんとかｎｏｔｅに書かされない方法はないか、ｎｏｔｅの開発者が思いもよ

らない使い方はないかとあれこれ考えた挙句、そうか、それは「書かないこと」だと思い、二か月間何も書かずにいた。たしかに書かなければｎｏｔｅっぽいものを書かされることはないんだけれども、それはそれで本末転倒だろうと、ようやく気づいた。僕はバカだから、自分自身で一通り体験してみないと、他の人がさっさと気づいていることに気づけない。

人は、何かへのこだわりを捨てようとするとき、そのこだわりを捨てることにこだわってしまいがちで、結局のところこだわっていることに違いはない。それは僕にもよくわかっているのに、どうやらその深みにはまっていたようだ。どう書くかと同時に、何を書くかだって大切なのに。

ちょっと大げさで手間がかかって面倒くさくてバカっぽくて、たぶんものすごく赤字になるだろうなと予感する、とある企画を始めることにした。

たぶんこれからこのｎｏｔｅにその顛末を載せていくことになると思う。

ま、そのためにまた書き始めたってのもあるんだ。

「ｎｏｔｅ」二〇二〇年七月二十一日

※行がまっすぐじゃない、グニャグニャしている。そう感じたアナタ、正解です！

□もっとマシな嘘を

僕はわりといろいろな事件に巻き込まれるほうで、あまり人に信じてもらえないような目にさんざん遭っているのだけれど、一番信じてもらえなかったのは「いま、うちの隣にある新聞販売所が火事で燃えているので、今日は出勤が遅れます」っていう電話。上司に「もっとマシな嘘を言え」って言われた。

🐦日本に○台しかない機材とか、世界で○○人しか持っていないとか、そういう言い回しでマウントをとろうとする人がいるけど、いいか、僕たちはそれぞれみんな世界に1人しかいないんだからな。

🐦体重計に関しては、一つだけ決めたことがある。痩せたら乗る。

🐦お薬のんで、お布団に入団します。

🐦うちの近所にはイケメン薬剤師2人のいる薬局があって、かなり混んでいたのですが、あまりにも忙しいせいか、さらに1人薬剤師が増えたら、けっこう空くようになりました。増えたのはわりと若手の女性薬剤師さん。

🐦カロリーが足りない！　キロカロリーなんかじゃダメだ！　メガカロリーを！　ギガカロリーを！！

🐦こんな時間からペヤングにお湯を注ぐ背徳感

🐦今は原稿用紙にペンで書いてマイクに向かってこそこそと小さな声で読み上げげて音声入力してる。喫茶店で音声入力するのはけっこう恥ずかしい。

🐦きのう燃え殻さんに「鴨さんって、いつも楽しそうだよね、小学生っぽいよね」って言われて、ずっと「そうかなあ」って考えてたんだけど、たぶんそうだな。だいたい楽しい、っていうか、楽しくなさそうなことは最初からやらないもん。

□隣の芝生にしか青は存在しない

季節柄なのか、就職やら入試やらの話をときどき目にするようになっている。僕もたまに就職や転職の相談を受けることがあるんだけれど、まあ、正直に言って、そんなものはそれぞれの個人的な志向と時代の流れと運によって、まるきり変わってくるものなので、知らんがな、好きにしなはれ、としか言いようがない。僕に相談する時点で、すでに何かが間違っているし、もっとちゃんと相談に乗ってくれる人がいるだろうとも思う。

ただ、大きな会社から大きな会社へ渡り歩いている人による「転職相談」だとか、大きな会社からフリーになった人の「フリーへの勧め」は、ちょっぴり微妙だなあとは思っている。

「転職相談」は、転職といいながら、職は変わらずに会社が変わっただけって話が多いように感じるし、大きな会社からフリーになった人の「勧め」も、たった一回だけの退職経験を、それがすべてのように語っている印象を受けている。

もちろん参考にするのはいいだろうけれども、何もかもその人の言ったとおりにすると、たぶんどこかで合わなくなると思う。うまく言えないのだけど、「転職」にしても「退職」にしても、それはその人の個人的な体験にすぎなくて、万人に当てはまるものじゃない。あらゆるパターンの就職だの退職だの起業だのを体験している人はいないのだから、それは当たり前だ。

同じ退職にしたって、たとえ金額は少なくともちゃんと退職金なり離職票なりをくれる会社と、そもそも雇用保険にも労災保険にも入っていなかったってことが、あとからわかる悪質零細企業を逃げ出すのとではわけが違う。

僕はこれまでに、アルバイト↓中小正社員、上場企業バイト↓正社員↓契約社員、零細企業社員↓クビ、個人事業主↓起業、公共機関の職員に中途採用、零細企業経営などなどといった感じで、職も所属も立場も、その場その場で誘われるがままにころころと変えてきたので、それなりにいろんなパターンを経験してはいるものの、それでもやっぱり僕にわかる範囲のことしかわからないから、言えることはあまりない。

何をどうしたって、どうせ失敗なのだ。隣の芝生にしか青は存在しないのだ。とりあえず、就職だの入試だので人生が決まることなんてないし、その先の人生だって思ったとおりにはならないし、ほとんどのものごとは運しだいなので、心の底から本当にイヤだと思うことだけ避けていれば、それでいいんじゃないかなと言うことにしている。

僕たちは一回しか生きられないのだから、本当にイヤだと思っていることを我慢して続けるのだけは時間がもったいない。けれど、それさえ避けていれば、そこそこ楽しくいられるように思う。できるだけ楽しくいる。それが大切だ。何ともならないこと以外、たいていのことは何とかなるのだから。

ロソーシャルじゃないメディア

ソーシャルじゃないメディアってあるのかな？「発信する」という仕組みそのものの中に、すでにソーシャル（社会性）は、内包されているのでは？　じゃあSNSって何だろうか。

個人と個人を接続するための装置。ハブ。人ってそんなにつながり合いたがるものだったっけ？

個人が本当に孤人でいられる時間が、失われている。一人でいられること、つながらないことの価値がアップするはず。そんなにメディアになりたいのはなぜ？　情報発信者にあこがれるのはなぜ？

聞くだけで英語がペラペラになるテープ。身につけるだけでダイエットできる器具。持っているだけで金運がアップするお守り。

RTするだけで情報発信者（メディア）になれるツイッター。オンとオフ。まとめてスイッチング。

完全な孤立 disconnect の状態を保つことは不可能。休日に、バカンスに、モバイルの電源を切るように、全ての接続をまとめて切る。そういうサービス。

大きな声はバイアスを生む。潮流を作る。ノイジーマイノリティー。

小さな声はエッジになる。潮流に竿を刺す。サイレントマジョリティ。それより小さな声は何？　どうなる？

声なき声は存在しないのと同然になる。その声に耳を傾けるものが必要だ。たとえ声が小さくても発信する人、発信できる人の声は、必ず誰かに拾われて、どこかへ届く。ヘルプ。共感。ネガティブもあるけれど。

発信できない人、発信しない人、声をあげられない人は、存在しないのと同じ。声が無いからどこにも届かない。誰にも拾われない。

その声をきちんと拾うのがマスメディアの仕事。その場所へ足を運んで、声なき声にきちんと耳を傾ける者がジャーナリスト。

とりあえずのメモ。

□空いたホテルを

九州では、地震の前に入ったホテルや旅館の予約がどんどんキャンセルされているらしい。

いま避難所で生活している人が、そういうキャンセルされた部屋に数日だけでも泊まって、少しでも気持ちと身体を休めていただきつつ、その費用は僕たちの寄付でまかなう、みたいな仕組みがあるといいんだけどな。

そうすれば、急にキャンセルされたホテル側も助かるだろうし、と思っていたら、業界団体はすでに千五百人分の部屋を確保していて、いつでも提供が可能らしい。

それなのに利用されていないのは「地元の役所や避難所にいる市町村の担当者に申請」っていう部分がボトルネックになっているのかなあ。担当者だってかなり忙しいだろうしね。

本来、こういうのってＩＴが得意な分野だよね。なんとかうまい仕組みができないものだろうか。

もちろんこういうことは、何よりもそれを当事者のみなさんが望まれるかどうかがいちばん大切なことだし、従業員の中にだってご自身やご家族が被害に遭われたかたも多くいらっしゃるわけだから、そう簡単にはいかないだろうとは思うのだけれども。

貧乏なのと貧乏くさいのとはぜんぜん違うのだ。

ミニバンは３年目の車検のときにうまく脱皮させるとバンになるし、５年目の車検で車軸が右側に偏っているとライトバンになるし、１０年目の車検で失敗するとビッグバンになって宇宙が誕生する。

おいしいしいたけ←惜しい回文

さっき夏目漱石と井上ひさしにうっかり目を通して、完全に心が折れた。僕に書けるものなんて無い、無理だよ。

誤植は印刷を利用して増殖する生き物なので、宿主となる原稿の中に潜み、隠れ、見つからないようにして、印刷が始まるのを待ち続けます。原稿とともに印刷されて大量に仲間を増やしたあと、急に姿を現すことがあるので、注意が必要です。

お寿司とお風呂とお布団。あとねこ。それさえあれば、なんとかやっていける。

ヤクルト、大ジョッキで。

『伴走者』と『どこでもない場所』はわりと入試問題になっているらしいんだけど『エビくん』が入試に使われたのには僕もびっくりした。あれ読んで、たぶん受験生もびっくりしたんじゃないか。

実は、デブにはある一つの共通点があります。それは、太っているということです。

問屋が卸してくれない

今日はとても忙しいので、パパッと一、二分ほどでこのｎｏｔｅを書いてしまおうと思っている。原稿用紙で一枚になるかどうかもわからない。

十一月二十四日に東京で開催される「文学フリーマーケット」で頒布する予定の同人誌もそろそろ印刷のことを本気で考えなくちゃならないので、僕は今、わりと焦っている。まだ原稿はぜんぶ集まりきっていないので、どこかのタイミングで鬼となって、届かない原稿を諦めて切り捨てなければならないかも知れず、ところがそうなるとページ数やら何やらがごっそり変わるので、まだ確定できずにいる。

さらに、いくつかの誤算があって、僕はこの同人誌に例のタピオカの恋話とあのロックバンドの話――どちらもｎｏｔｅに公開済みのものだ――を載せてお茶を濁そうと思っていたのに、そうは問屋が卸してくれない状況になってしまったのだ。なぜ問屋が卸してくれないかは、いずれ同人誌を手にとっていただければわかると思う。この状況が判明したときには、あまりの展開に自分でもちょっと笑ってしまった。
　ともかく問屋が卸してくれないものだから、別の文章を載せなくてはならず、何か適当なものがないかと漁り、見つからなければ書くよりほかないと悩み、そうこうしているうちに、どんどん時間が経っている。さすがに鬼となって諦め切り捨てるのが自分自身の原稿になってはカッコ悪いので、そのあたりは何とかしたい。

「ｎｏｔｅ」二〇一九年十一月二日

□好きなフリをしている

わりと多くの人が
「俺これ好きなんだよ」とか「私ファンなんですよ」とか
「これ、ものすごくおもしろいよね〜」なんて言っている
いくつかの作品のことを、それほど好きでもなかったり、
あまりおもしろいとは思わなかったり、
どっちかって言うと嫌いだったりするんだけれど、
さすがに「僕はこれ、あんまり好きじゃない」とは
言いづらいというか、むしろ、関係者に気を使って
ちょっと好きなフリさえしてるので、
その作品の話題が僕の身の回りに登場するたびに
心の中がものすごくザワザワする。

雄と雌のツイート

『あざらしのひと』に同じネタをいくつか収録しているんだけど、せっかくなのでこちらにもそのまま収録しちゃいます。すでにお読みの方はごめんなさい。

オスには雄と雌がある。

雄のオスはダジャレを言う傾向が多く、近くに素朴な言葉を置いてやるとすぐに寄ってくるため、捕獲することは比較的に容易だが、雌のオスは単純な言葉では捕らえられない上、硬い甲羅には棘があるので、注意しなければならない。

なお、メスにも雄と雌がある。

中性脂肪には雄と雌がある。

イブプロフェンには雌と雄がある。雌のイブプロフェンはイブ、オスのイブプロフェンはアダムと呼ばれている。なお、まぜるなキケン！　かどうかは今後の研究課題とされている。

ピラミッドに雄と雌があることは古くから知られているが、見た目も大きさも殆ど変わらないため、これまでなかなか区別がつかなかった。

だが、今回発表された研究結果によると、動きかたの一部に大きな差異があることが判明した、動けばすぐに区別がつくらしい。問題は、なかなか動かないことである。

投票用紙にも雄と雌があるってみんな知ってた？

こちらが、産卵期を迎えた雌のコーヒーです。このように雌は互いに身を寄せあって産卵します。その外側を雄のコーヒーたちが何かを警戒するように取り囲んでいます。

産卵期のコーヒーはカップに狙われることが多いため、雄が守るのです。ああ、今一杯の雄がカップに注がれました。自然界の厳しさです。

ただし、産卵期が近い雌のコーヒーの中には、飲み物から食べ物に変化した個体が紛れ込んで場合があるので、飲む前に雄雌を見わけることと、雌の場合には本当に飲み物なのかを確認することが求められます。

語源には雄と雌がある。雌の語源は雄の語源が巣をつくり、せっせと言葉を集めてくるのを待ってから、最後に雄ごと食べてしまう。

最近の研究によると。雌が雄をたべることで語源が混ざり合い、新しい語源が生まれることがわかってきた。

なお、雌には鋭い牙と爪があるので、不用意に近づいてはいけない。

イブプロフェンには雄と雌があるが、その殆どは雌であることはよく知られている。なお、雄のイブプロフェンは専門家の間ではアダムプロフェンと呼ばれており、中でも野生のアダムプロフェンは、新月の夜にしか姿を見せない上、暗闇の中を素早く動き回るため、捕獲するには熟練した技術が必要とされる。

こちらが捕らえられたアダムの姿です。ごらんください、角を出して捕獲した人間を威嚇していますね。

チャーハンの雄が半チャーハン、雌がピラフです。

どうでもいいけど、多くの人が勘違いしていること

▣ 曖昧になる個に

石山雄三は常にテクノロジーと格闘しているように思う。九〇年代初期の作品では莫大な物量と圧倒的な破壊力を以て、近年のパフォーマンスではミニマルと称してもよい繊細で緻密な演出で、石山は人間とテクノロジーとの単なる共演を超える「共存」を生み出してきた。

ステージ上でシンプルな動作を繰り返す人体がやがて機械のように見えてくると、ときに刹那的な反応を見せる照明や装置があたかも人体のように感じられる瞬間が訪れ、全体を埋め尽くす音響の中で、人間とテクノロジーの境目はいつしか曖昧になっていく。それが初期作品から最新作まで、石山作品を貫く核だと僕は考えている。

石山にとってテクノロジーとは、人体によるダンスパフォーマンスを際立たせるための背景や装飾品などではなく、有機的に結合して場を生み出すための要素なのである。そこで生み出される場は、もはや我々が望む望まないにかかわらず、膨大なテクノロジーに囲まれた中で生きざるを得ない現代の人間社会を象徴しているように僕には思えるのだ。

我々は同じ空間にいながら異なる体験をしている可能性の提示をシンプルなアイデアで実現させた『ＳＨＧＺＲ－０ｄＢ』シリーズ、人体の中に機械を見出すのと同じ熱量で、テクノロジーの中に人間性を見出し、その相互作用をユーモアを持って提示した『．／「ｄｏｔ ｓｌａｓｈ」』シリーズなど、近年の石山作品は、テクノロジーと人間との境界線を行き来するだけでなく、人間の内側と外側、テクノロジーの内側と外側の境界線をも曖昧にしようとしているのではないだろうかと僕は睨んでいる。

境界線の曖昧になった空間からは、しだいに「個」が消えていく。だが、おそらくその境界線を知ることでしか、僕たちは己の「個」が存在する意味と希望を獲得できないのだ。石山はテクノロジーを武器に観客の感覚を遮断し、「個」を拒絶しながら、それでいてどこまでも「個」の存在を諦めずにいる。次作でもきっと我々に「個」をつきつけてくるに違いない。

二〇二二年十月一日

石山雄三　Dance performance "S.S.S.S." へのコメント

♪ アップトゥデート

クリティカルな　ミッションだから
エクスキューズに　アグリー

それは　彼の　彼のマターなの

アジェンダの　ステータスは
今からオーソライズ

リスケをフィックスしたら
彼をアサイン　私にデプロイ

コミットよ　コミットよ
ダメよ　ダメよ　コミットよ

朝まで踊りたい　エビデンス

アップトゥデート
それは　それは
あなたと私だけの
秘密のデートなの

コミットよ　コミットよ
ダメよ　ダメよ　コミットよ

朝まで踊りたい　エビデンス

たくさんの小さなものを

「Eテレの番組って最近おもしろいよね、とんがっているよね、攻めているよね」。そんな言葉をときどき耳にすることがあって、そのたびに僕は「いやいや別にそんなことはないぞ」と胸の内でこっそりつぶやくことにしている。

もちろん、おもしろくないわけでも、とんがっていないわけでもない。むしろその逆で、最近ではなくそれこそ教育テレビと呼ばれていた時代からずっとおもしろくてとんがっていたものに、最近になってやっと目が向けられ始めたのだと思っている。

たぶん放送番組に限らずいろいろな場所で、とにかく波風を立てないこと、できるだけハレーションを起こさないことを優先するような風潮が広がっているからこそ、まったく物怖じしないように見えるEテレの番組が目立つようになったのだろう。

NHKに勤務していたころ、僕はディレクターとしてそれほど多くの番組をつくっていたわけではなく、中でもEテレについて言えば、子ども向けのレギュラー番組を何度か担当しただけで、あとは単発でいくつかの番組に関わったくらいだし、離れてからは福祉番組やパラスポーツ関連番組の一部を手伝っている程度なので、はたしてそんな僕がどこまでEテレの番組についてものを言っていいのかわからないし、正確なことが言える自信もない。でも、以前も今もEテレの番組に関わるたびに、いつもそのおもしろさと同時に攻めっぷりのすごさをどこかで感じているような気がする。

それにしても、どうしてそんなに攻められるのだろうか。

その秘密は本気にあると僕は思っている。Eテレはいつも本気なのだ。もちろんEテレに限らず、ものをつくる現場はみんな本気なのだろうけれども、Eテレの本気はかなり激しい本気で、ときにはその本気が空回りして何だかよくわからなくなってしまう場合だってあるくらい、とにかくやたらと本気なのだ。

子ども向けの番組だからといってけっして手を抜くことはない。本気の大人が集まって、子どもたちに何を伝えるかを真剣に考え全力で番組をつくっている。ときどき出てくるおかしな企画や奇天烈な演出だって、子どもの関心を惹き、たっぷり楽しんでもらいながら伝えるべきことを伝えようという大人たちの本気の表れなのだと思う。

その本気は子ども番組に限らない。社会の片隅にいる人たちに向けてつくられる番組にも本気はたっぷりと注ぎ込まれている。

世の中に何かを発信するにはいろいろなやり方があって、その一つは、そしてより効率的なのは、あらゆる人に同時に届けるアプローチだ。ただ、この方法で深く届くものをつくるのは案外と難しい。誰にでもわかるようにするには、引っかかりそうなところをどんどん削る必要があるし、大勢のニーズをひとまとめにするから、結果としてどうしても角のないものになりがちだ。

それとは別に、一つひとつの発信は万人向けではないものの、その数や種類をたくさん用意することで全体として多くの人に届けるやり方がある。もちろんどれほど数や種類を増やしてもすべての人に完全に届くことはないし、それぞれのニーズはあまりにも小さい。それでも僕はこの小さなものをたくさん用意するやり方が好きだし、多様性が求められる時代にも合っていると思う。そして、これこそがEテレのやっていることなのだと思っている。

世の中とうまく折り合いをつけられずにいる人たち、自死を考える若者たち、認知症などで日々の暮らしや将来に不安を抱えている人たち、心と体の不一致に悩む人たち。多数派ではないというだけで、なかなか必要な情報が届かず、ますます生きづらさを感じる人たち。それぞれの声は小さく、数も少ないから、効率という便利な言葉の後ろに隠されて、ともすればいないことにされてしまいがちな人たち。でも確実にそこには誰かがいる。

だから、それを必要とする人がいるのならば、その命や暮らしを守るためなら、たとえその番組を求める人が一人だけであったとしても、とことん本気でつくり、場合によっては、あえて波風を立てハレーションを起こす。Eテレの番組はそんなふうにつくられているように僕は感じている。

中には当事者以外にはあまり役立たない番組だってある。けれどもEテレは気にしない。大勢は相手にしない。その腹の括りかたがすごいと思うのだ。必要とする人に向けて本気でつくる。それが結果的にとんがった番組につながっているのであって、何も最初からとんがろうとしているわけじゃない。

でも、本気でものをつくるというのは、そういうことなのかもしれない。誰にでも届く番組は、結局は誰にも届かない番組なのかもしれない。

Eテレの番組制作に関わっている人の中には、五年、十年ととにかく長く取材対象とつきあって、それはもう単なる取材先というよりも、もはや友だちのようになっている人が少なくない。つくっているものが、その人の命や暮らしに深く関わる番組であればあるほど、そのつきあいかたは深いように思う。

取材対象と表面的にしかつきあわず、放送が終わればあっさり疎遠になってしまう僕なんかにしてみれば、そこまで本気で深くつきあえることをちょっぴりうらやましく感じつつ、でもやっぱり僕には無理だなあとも思う。

そんな本気の人たちが集まってつくっているEテレの番組がとんがっていない

わけがない。

Eテレの Eはもちろんエデュケーション、エデュケーショナルのEだけれども、僕はこれが共感力《エンパシー》のEでもあってほしいと願う。

自分とは違う環境、異なる立場、知り得ない状態にある人たちに向けて本気でつくられた、たくさんの小さな番組たち。そんな番組と偶然に出会うことで、僕は初めてそういう人たちがいることを知り、そして、彼らを想像する力を得るのだ。

都市出版『東京人』二〇一九年十月号

□物語を食べている

人は純粋に作品を鑑賞するのではなく、作品や作者にまつわる物語も一緒に消費しているのだなあと思った次第。レストランで料理ではなく蘊蓄を食べるのにも似ている。

逆に考えると、物語を付加してあげないとコンテンツの良さだけでは勝負できないってことか。

🐦古書は、見つけたときが買い時なのです。

🐦ミーティングの目的は、次のミーティング日程を決めることである。

🐦祝日っていいよね。発明したひと、ちゃんとノーベル賞もらってるよね？

🐦ホラーとスリラーとサスペンスの違い。

🐦インタビューって、自分の放った言葉がどう受け取られたのかっていう認識の歪みや、基礎知識の違いが出てくるからおもしろいわけで、言ったことが違う話に変えられていたり、言ってないことを言ったことにされていたりするほうが、むしろ楽しい。わざわざ直すくらいなら、最初からぜんぶ自分で書くよ。

🐦だじゃれにはその人の潜在的な欲望が現れる。

🐦生まれたばかりのトミカがいっぱいご飯を食べて、やがて大きな車になるんです！

🐦カッターでざっくりズブズブになってしまった左親指、ガムテープを剥がしたら、ちゃんとくっついてました。よかった。とりあえず化膿止めを擦り込む。まだ痛いけど、この1年間、神経麻痺で手指がほとんど使えなかったことに比べればぜんぜんまし。

🐦リスナーゼロで話すツイッタースペースってすごく気持ちいい。

一つずつしか

「三角食べ」と言えばわかるだろうか。主食とおかずを順番にバランス良く食べるアレである。僕はあれがどうも上手《うま》くできない。

もちろん意識していれば大丈夫なのだけれども、気を抜けば終わり。気づくと特定のおかずだけを集中的に食べている。問題は一つのおかずが完全になくなるまで、僕は次のターゲットへ移ることができない点である。

以前、ネパールを旅したときのことである。

地元の食堂でいただいたのは「ダルバート」。金属製の大皿の上に、同じく金属製の小さな皿がいくつか置かれていて、それぞれにカレー、野菜、ピクルス、スープなどが入っている。大皿の中央に盛られたご飯に、それらをかけて、混ぜながら食べていくのである。

海外にいてもおかずを一つずつ片づけるスタイルに変わりはないから、こんなふうに小皿でわかれている料理はとてもありがたい。

まずは「ダル」という豆のスープを口にする。とろりとした口当たりと豆の甘み、そして苦みがほどよく混ざっていて美味《うま》い。僕はダルをじっくりと味わいながら飲みきった。

もちろん、途中でほかのおかずに手を出すことはない。ダルを飲みきったところで、次のターゲット、野菜の小皿に手を伸ばす。

ところが、ネパールの食堂にはすばらしいサービスがある。なくなったおかずを無料で足してくれるのだ。しかもその店では、どんどん勝手に足してくれるのだ。当然、店のオバサンは僕の皿を見逃さなかった。あっというまに大きな鍋を持ってテーブルに駆け寄り、銀色の小皿にダルを注ぎ足してくれたのである。ところが僕は一つのおかずがすべて片づかないと次には移れないから、ダルが復活した以上は、これを飲むしかない。

飲む。足される。飲む。足される。もはや、無限のダル・ループ。エンドレス・ビーン。

苦しそうにダルを飲み続ける僕を見て、オバサンはなんとも不思議そうな顔をしながら、それでもダルを足すことはやめない。

こうして僕は「もうけっこうです」を意味する「バヨ」を最初に覚えたのだった。

集英社『小説すばる』二〇二二年十二月号

選ばれる側の倫理

三月十一日が近づいているせいもあるのだろうけれども、プーチン戦争が勃発してから、僕はトロッコ問題やそれに似たいろいろなジレンマについてときどき考えている。誰かを助けるために誰かを犠牲にしてもよいのかを問う例の哲学的な問題だ。人の命について考えるとき、いつもこの問題が僕の頭には浮かんでくるのだ。

フットの提示したトロッコ問題では、より多くの人を助けるためには少数を犠牲にしても良いのかが問われるし、そのほかのいくつかの問題では、誰を助ければいいのかが問われる。沈んで行く船の乗客の中から、五人しか乗れない救命ボートにいったい誰を乗せればいいのか。そこに乗客が百人いたらどうだろう。逆に乗客が六人なら、たった一人を残していけるのだろうか。そんなことをずっと考えている。

もちろん大喜利やクイズの解答として第三の道を探す遊びもおもしろいのだけれども、これは倫理上のジレンマにどう向き合うかを問いかけているわけだから、逃げることなくちゃんと考えて選ばなきゃならないのだ。

自分の選択によって必ず誰かが死ぬとわかっているとき、僕は目の前にいる人たちの中から、誰を死なせるかを選べる自信がない。

災害現場のトリアージの場合には、医療関係者が精神的な負担を感じないように、助ける順番を決めるための基準やルールが定められている。それでもやっぱり誰かを救う選択は、誰かを見捨てる選択と同じだから、心の負担は大きいだろうと思う。その場は良くても、あとからずっしりと響いてくるような気がしてならない。

ましてやトロッコ問題にはトリアージのようなルールがないわけで、同じ状態にある命を選別しなければならないのだ。とてもじゃないがそんな負担には耐えられそうにない。

いろいろな調査によると、多くの人はトロッコ問題ではあまり悩まず、数で選ぶのだという。五人を助けるために一人を犠牲にするのはやむをえないと考えるらしい。そういう人たちは、六人から五人を選んでボートに乗せるときには、どんな基準で選ぶのだろう。

実は、トロッコ問題にしてもボート問題にしても、僕が一番気になっているのは、なぜかいつも僕らは選ぶ側にいるばかりで、けっして選ばれる側にはいないことだ。世の中のほとんどの人は選ぶ側ではなく選ばれる側に立たされるはずなのに、僕たちはいつも選ぶ側の倫理ばかりを問われている。

もしもその瞬間、選ばれる側にいたら僕はどんな気持ちで選ばれるのだろうか。自分の乗ったトロッコをけっして脱線させるなと叫ぶのか、多くの人が助かるのならトロッコに轢かれても構わないと思うのか。何が何でもそのボートに乗せてくれと頼むのか、それともこのボートは誰かに譲ってやろうと諦めるのか。

繰り返すけれども、ほとんどの場合、僕たちは選ばれる側にいるのだ。たとえボートの席を誰かに譲りたいと伝えても、選ぶ側がそれを認めずほかの誰かを残して僕をボートに乗せたら僕はどう感じるのだろう。救命ボートに揺られたまま、いったい何を思うだろう。

選ぶ側だけではなく、選ばれる側にだって倫理はある。

選び方を問われたときには、選ばれ方も考えておきたい。そこまで含めて想像しなければ、本当の意味でトロッコ問題を考えることはできないような気がしているのだ。

「note」二〇二二年三月五日

本日も、特急運転。

つかうお金よりもらうお金のほうが多ければ、利益が出ます!!僕もついさっき気づいたんです!

韓国ドラマを見ていると、二日酔いや胃もたれによいものとしてお焦げスープなるものがよく出てきて、わたくし、たいへん興味津々なのであります。

迷子こそが王道。

僕は敵に回すと三回転半する男ですよ。

締切を守ることは一番簡単なこと、楽なことだ。楽なことに逃げ込まず、挑戦するのが僕の役割だ。

Twitterをやっているみなさんに質問です。Twitterやってますか?

炭酸水があったので、これをそのまま飲むんじゃなくて、ちょっぴりビタミンなんかも入れたらいいんじゃね? と思って、マルチビタミンのサプリをペットボトルに入れたら、メントスコーラみたいな惨事が起こって、いま僕かなり泣きそう。

汝、改名せよ。さらに焼き肉を望むなら、汝、もっと改名せよ。

カーネルサンダースさんのレッグは肉が少なめ。

ご苦労な牢獄(惜しい回文)

□知りたいのは熱量

何か新しいことを立ち上げようとした時にすぐ「役員がどう思うだろうか」などと言い出す官僚主義のオヤジたちにはいつもガッカリさせられる。

オヤジたちも昔は現場にいたはずで、自分がやりたいと思った時には、きっと相手が誰だろうが関係なく説得しに行っただろうに。

たとえ許可が出なくても、あの手この手で無理矢理にやろうとしただろうに。

偉い人なんて関係ない。この問題を本当に大切だと思っているか、何としても僕たちが伝えるべきだと思っているか、それが全ての出発点。僕が知りたいのは、あなたたちの熱量だ。熱がないことを責めたりはしない。だから、どこかの誰かの気持ちを忖度するのではなく自分の気持ちに正直になって欲しい。

「それには興味も関心も無いのだ」

「大切な問題だとは思えないのだ」

僕ならはっきりとそう言うだろう。そうすれば、そこからまた始められるから。

七年間

先週、ガラケーを解約するために携帯電話ショップへ行ったら事前予約が必要だと教えられたので、WEBから予約してようやく今日がその日だったんです。で、行きました携帯電話ショップへ。


「解約を」

「えっ、なぜですか?」

「ぜんぜん使ってないし」

「メールは?」

「やってない」

などのやりとり。

「とにかく解約を」

「わかりました。では、お客様の携帯番号を」

「xxxxです」

「あの、えっと、お客様……その番号は二〇一四年にすでに解約されてます」

「解約してる?」

「はい、ですから私どもでは何もできません」

「それで、どこからも電話がかかって来なかったのか!」

「はい、たぶん……」


七年間、つながらない携帯を毎日充電して持ち歩いていた。ぜんぜん気づいていなかった。

◻ノーパワーノーポイント

僕はパワーポイントが嫌いだ。あの手の、コンピュータでつくって、プロジェクターで投影するタイプのスライドが全般的に嫌いだ。アップル社のキーノートはそれなりにフォントがきれいだし、どこかにまだすっきりとした美しさが保たれているので、どうしても使わなきゃならないときには、そっちを使うことにしているけれども、やっぱり嫌いなのだ。

企業勤めをしていたころは、何でもかんでもスライドにして、真っ白なスクリーンにプロジェクターで映し出しては、ほらどうですか、この数字をご覧ください、こちらの資料を見てください、なんてことを言って悦に入っていたのだけれども、あれって、今から考えてみたら単にスライドをつくるだけで何か仕事をしたかのような気になっていただけで、実際には何もしていなかったに等しい。恥ずかしい。

僕がやっていたのは、すでに手元にある資料や、どこかから持ってきたデータや、別の場所で決定された言葉なんかをコンピュータ上でレイアウトしなおすだけの作業で、そりゃ見やすくするだとか、わかりやすく整理するとか、見ている人が飽きないように面白ネタを差し込むだとか、そういうことはやっていたけれど、本質的には何もしていなかったのだ。恥ずかしい。

いやまあ、あの手のスライドはあくまでもプレゼンに使うためのものだから、僕の使い方だって充分に正しかったたし、世のビジネスマンや研究者たちはそうしたスライドを駆使して、重要な情報をまとめて伝えたり、契約を取ってきたり、溜まった知見を広めたりしているわけだし、中には単なるプレゼン以上の使い方をして、新しい価値を作り出している人たちだっているのだから、これはもうスライドが悪いわけじゃなく、あくまでも僕の好き嫌いの問題だってことはよくわかっている。でも、嫌いなのだ。

それでも、勤め人をやめてしばらくの間はトークイベントなどに呼ばれるたびに、それが当然とばかりに、自己紹介やら話す内容やらを嬉々としてスライドにまとめて用意していたのだから、嫌いだと言いながら、ずいぶんパワーポイント文化に毒されていたのだなと思う。スライドさえ作れば安心できた。なにせ、何を話すかはすべてスライドに入っている。スライドさえあれば当日は何も考えなくていい。スライドに沿って話せばそれでいいのだ。

いつごろからスライドを作らなくなったのかは、あまり覚えていないけれども、スライドを作らなくなって、ようやく僕は自分がパワポを嫌っていたことに気づいたのだった。

昨今、トークイベントに呼んでいただくと、主催者からスライドはどうしましょうかと聞かれることが多い。パワーポイントがいいかキーノートがいいか、ファイルで送るかパソコンを持ち込むか、あるいはタブレットか、そういうことを聞かれるわけだ。

僕、スライドは使わないんですよと答えると、たいていは、えっと驚かれることになる。ほらね。トークイベントといえば、スライドがあって当たり前、そんなパワーポイント文化にみんなも充分侵されているのだ。

もちろん話す内容や流れは前もって考えているし、何かあったときのためにこっそり手元に台本も用意しているのだけれども、僕はやっぱりその場で考えたことをその場で話したほうが面白いと思っているから、事前にスライドを用意することはない。たぶん、もうない。

スライドを作ってしまうとスライドに支配されて、その場の雰囲気とは関係のない話をしてしまう気がするのだ。中には、そういうかっちりとした話の流れが必要な場もあるのだろうけれど、それじゃ僕がつまらない。だからパワーポイントは使わない。僕がゆるゆると話すときにはパワーなんて要らないし、話の流れを整えるためのポイントも必要ない。ノーパワー、ノーポイントで構わない。

🐦リアルな集まりでも知らない人が3人以上いるとかなり辛い。見知らぬ他人に話したいことなんて特にないし。知っている人でも5〜6人が限界。1人で奇妙な妄想をしているのがいちばん楽。そういう意味では、今の世情は、実はすごくありがたい。

🐦犬の散歩をしている人は、みんな言うことを聞かない近距離型のスタンドがいるって思って眺めるとおもしろいです。

🐦終電を逃してからがドラマ。

🐦ノーイート、ノーデブ

🐦竹輪って指にはめて食べるよね??　とんがりコーンは指にはめて「フレディ〜」ってやってから食べるよね?

🐦ある種の天才は別として、楽器の演奏やスポーツって、筋肉をスムースに動す方法を身につけるための反復訓練が必要で、それが身につくとある程度のことはできるようになる。表情も顔の筋肉の動かし方の問題なので、繰り返し練習するとスムースに笑顔をつくれるようになるし、その状態が楽になる。

🐦手術師、魔術中。

🐦はい、こっちがサム・メンデス。それとつけダレ。で、こっちがアツ・メンデス。器が熱くなってるのでお気をつけください。あ、そっちのは、セル塩麺です。今切らしちゃってて、すみません。

ロわりと依存していた

自宅の光回線の機械だか何だかが壊れたらしくてネットにつながらない。

僕は原稿を原稿用紙に手書きしているし、ポメラでテキストにするから、そもそも書き物にはネットを一切使っていなくて、そういう意味ではネットなんかなくてもまるで困らないと思っていた。広辞苑もあるし、電子辞書もあるし。

それなのに、やっぱりあれこれ困るのだ。まず連絡手段がいきなり限定されてしまう。自宅ではなぜか携帯電話の電波が殆ど入らないので、メッセンジャーの類が使えない。電話も固定電話しかつながらない。あと、今まさに佳境に差し掛かっている同人誌の原稿が届かない。先方はメールで送ってくれているのだけれども、僕が受け取れないのだ。壊れた機械の修理を頼むにしても、その連絡先を見つけるのにだって一苦労する。

まあ、同人誌をつくる作業は、主に仕事場でやっているから、これはもう家ではやるなというお告げだろうと思って、ゴロリと横になって海外ドラマを見てもいいのだけれども、なんとネットフリックスもフールーもアマゾンプライムも見られないのですよ。これはつらい。何よりも辛い。
いかに僕が普段からネットにあれこれ依存しているかがよくわかった。気づかないうちに、たくさんのことをネット経由でやっているんだなあ。ともかくそんなわけで、朝からずっと仕事場にいる羽目になっている。
さっさと自宅に帰って機械の修理を頼まなきゃいけないと思いつつも、心のどこかで、しばらくこの状態を楽しんでもいいような気がしているのは、きっと僕が天邪鬼だからなのだろうな。

「フッ……誰もいない……ククク……オレ様は四天王で最も孤独……」

新しい同人誌、刷りすぎちゃったので、ひとり1万冊の購入をお願いします！！！！

『雑文御免』と『うっかり失敬』は『まちカドかがく』と同じシリーズの文庫なので、3冊並べて書棚に置くと、3冊並びます。あと『異人と同人』『雨は五分後にやんで』は、片方が並製、もう片方が上製なので、両方買って並べると並製と上製が並ぶし、混ぜると「異人は五分後に同人」になります。

シン・ドバッド。

「辛ラーメン」って辛いから「辛ラーメン」だと思っていた。まさか社長が辛さんだからだったとは……。

生け贄を燃やすの、おいしいですよね！　ウーバーイーツのひとが届けてくれますよね！

上質な和紙のように薄っぺらい人間でありたい。

どんなチャンスでもピンチに変えて見せますよ！

香しい　かぐわしい　香ばしい　こうばしい　芳しい　馨しい

気を抜くと、まわりの積ん読に手を出しちゃうから、手にマジックで×って書いておく。

§ つじつまあわせ【辻褄合わせ】

1. 辻さんに妻を会わせること。昨日——たよ。

すしざんまいの社長に宇宙へ行ってもらって、無重力の中であのポーズをやったら、反動で後ろに飛んでいくかどうかがみたい。

僕くらいの迷子の達人にもなると、どんな予想外の迷子になるかわからないので、早め早めの行動が必至である。

「日本語がお上手ですね」よく言われる。自分では他の言語に比べれば、まあ得意なほうだと思ってる。

カーネル・サンダースの肉は、レッグが好き？　胸肉が好き？

子どものころに読んだ、デュマの『モンテ・クリスト伯』（『巌窟王』）に「銀行家」って出てきたのなんかカッコいいなあって思ってたんだ。「銀行員」じゃなくて「銀行家」。ちゃんとリスクテイクする人って雰囲気のある訳語だよね。誰の訳で読んだんだろう。

お鍋に豆乳を投入〜〜。うひゃひゃひゃひゃ。

エアリズムの下着ってあるじゃないですか。ものすごく通気性のいいやつ。あれ、ついウンコを漏らしがちな50代男性が履くと、時と場合によっては普通の綿のパンツを遥かに超える大惨事になることがあるんですよと警告しつつお薬のんでベッドイン。

「掻き分けても掻き分けても爺」浅生鴨がいろいろうんざりして詠める句

♪ みんなでワクチン

ワークワーク　チンチンチン
ワークワーク　チンチンチン

ワクチンワクチン　みんなでワクチン

あいつもこいつも　ワクチンチン
どこへいったか　ワクチンチン

あの子うったか　ワクチンチン
君もワクチン僕も　ワクチン

ワークチンワークチン

２回うったら　ワクワクチンチン
２回うったら　ワクワクチンチン

副反応で熱が出た
ふらふらするよ
筋肉痛だよ

それは　それは
君の　君の
バージョンアップ（バージョンアップ！）

ワクワクチンチーン
ワクワクチンチーン
ワクチンワクチン　みんなでワクチン

□ピアニストに求めるもの

僕がピアニストに求めるのはピアノが上手に弾けることだけで、その人の人間性だとか社会性だとか、そんなことはどうでもいい。

舞台の上で心を打つ演奏をしてくれるのなら、舞台袖でとんでもない悪行を繰り広げていても構わない。

倫理的に人として許せるかどうかは別として、ピアニストとしてはそれだけあればいい。

つい僕たちは、すばらしい演奏をするピアニストは人としてもすばらしくなきゃダメだと考えて、そうなるようプレッシャーをかけてしまうから、いろいろ面倒臭いことになるのだと思っている。

もちろん、すばらしい演奏をする上に人としてもすばらしいピアニストは、たくさんいるだろうけれど、純粋に演奏だけを聴いて、きちんと評価する耳を持っていればピアニストの個人的な物語は必要がない。

そこに物語を求めてしまうのはきっと僕たちに音楽を聞き取る力がないからで、

それは、音楽だけに限ったことではない。つけ加えるならば、そもそも倫理的な問題のあるピアニストはそもそも舞台に上がれないし、上がっても続かないと思っている。

小説にせよ海外ドラマにせよ、すごく良い作品に触れると落ちこんで、今書いているものを全部削除したくなるし、わざわざ僕が下手なものを書かなくてもいいだろうと思ってしばらく何も書けなくなる。そして世界にはそういう僕のやる気を奪い取るすばらしい作品がたくさんあって、それは幸せなことだ。

先日バルサンをがんがん焚いたら、それまでときどき屋根裏から顔を見せていた忍者を見かけなくなった。

説明しよう！　炭水化物と油が合わさると、人類はがまんできなくなるのだ！！

深夜にカレーを食べるのは完全に合法です。

道は前と左右にしか見当たらない私からすると、東西南北で考えられるってことは、そんなに方向音痴じゃないんじゃないかな？と思う。

今ここで生きて暮らしている人たちに向かって「お前の存在は道徳的に認められない」って、まともな文明人の口にする言葉じゃないよな。人間だからどこかに差別意識があるのはしかたがない。でもそれを抑えよう、隠そうとさえしなくなってきたことが怖い。

明日は雨なので、弊社はお休みです。

くしゃみをしたら、のどから魂が出た。

「妻に叱られた」ですむのは、くつしたの脱ぎ散らかしと、手に木工ボンドを塗って乾いてから剥がす遊びをやったときだけ。

蕎麦湯には、何とかっていう成分が水よりも多めに入っていて、それが体のどこかの何かに効くことがあるらしいです。

【ご報告】　2022年1月1日付けで新年を迎えました。

僕の最終学歴は自動車学校中退なんだけど、もっと厳密に言うと、大学医学部付属病院退院が最終学歴かもしれない。

路面店の明かりがひとつ減るだけで悪者の隠れられる場所はだいたい四つ増えます。

こんど幡野さんに会ったときにどっちがどっちかわからなくなろうと思って、いまヒゲを伸ばしているんだけど、かなり暖かい。ヒゲ暖す。双子っぽく登場して見せましょう。

僕ならなんだって週末で倍にして返しますよ！！

今日は中小零細の経営者が、ＡＴＭに並んで「入金を待っては振り込む」を繰り返す日。１５時近くになると、銀行の前で「まだなんですが、どうなってるんですか！うちだって支払があるんです」と大企業の担当者に携帯で怒鳴り出す人が増えてくる日でもある。大企業の人、気軽に処理を忘れるなよ！　死ぬから。

♪ リンクルスター

ドモドモホルン
リンクルリンクル
ドモドモホルン
リンクルゥー

ドモドモホルン
リンクルリンクル
ドモドモホルン
リンクルゥー

ド・モ・ド・モ
ホルンホルン
リンリンクルクルー
リンクル

ドモドモホルン
リンクルリンクル
ドモドモホルン
リンクルー

リンクルー
リンクルー

五年経つと

「鴨さんって何のお仕事してるの？」

「うーん、ぶらぶら好きなことして遊んでるみたいな感じかな」

「すごい！　私も鴨さんみたいになりたい！」

（って言ってた小6が、高2になると、どこか軽蔑した眼差しで僕を見るようになる）

おじさんの病気自慢

「喰らえっ！　高血圧ッ！」

「ぐはっ……な……なんのこれしき……BMI～ッ！」

「うっ！　……だ、だが負けぬ！　これならどうだ！血糖値スパイーークッッ！！」

「グホッ……ハアハア……そう来たか……かくなる上は、出でよ！　痛風！！！」

「ウギャ～～～！！」

（全滅）

ロきっと僕は戻れない

毎日のように様々な場所で「こんなときこそ」という言葉を耳目にするようになった。たくさんの人がいろいろな「こんなときこそ」を口にして、閉塞感のある日々の中でも何か前向きに行動しよう、不安の募る中でも何か安心できる材料を見つけようと促している。

実を言えば、僕はこの「こんなときこそ」になんだか妙な違和感を覚えていて、自分では使えないままでいる。

強弱はあれども、いつでも僕は自分の人生を「こんなとき」だと思っているので、今が特段に「こんなとき」だとは、どうしても感じられないのだ。

もちろん、世界中で多くの人の生活に変化が生じているし、社会活動そのものが停滞し始めているから、これまでののんきな日常とは違う局面に差し掛かっていることはまちがいない。そういう意味では「こんなとき」だ。

けれども「こんなときこそ」には、今目の前にある非日常を乗り切れば、再びあの日常が戻ってくるのだという希望がたっぷりと含まれていて、たぶん僕はそこに違和感を覚えているのだろうという気がする。

希望は忘れずにいたいけれども、いつだって何かしらの問題があって、どうにもならない不安があって、それでもなんとか折り合いをつけていくのが人生なのじゃないだろうかという思いが頭から離れずにいる。

それは、もう戻らないのだという諦めに近い覚悟なのかもしれない。

「こんなとき」はずっと続く。多少の変化はあっても、ずっと続く。だから、非日常として切り離し乗り切ろうとするのではなく、受け入れて同化して、これまでとは違う生活スタイルや生き方を模索する。そのためには何が必要なのか。どうすれば新しい世界と折り合いをつけられるのか。そこで見つけられる喜びや幸せは何なのか。

今、僕の思考は長くそちら側にあって、もしもこの先、世界がうまく「こんなとき」を終わらせることができて、再び元通りの生活が戻ってきたとしても、一度そんなふうに思ってしまった僕自身は、きっと元には戻れないのだろうなと感じている。

ここに来るたびに思う
ぜんぜん変わらないと
そして、かなり変わってきたなと
そんな二つの正反対の感覚が同時に湧き上がる
僕が伝えていることに意味はあるのか
僕がつくっているものに力はあるのか
はたして僕は役に立てているのか
僕が日々やっている事は何かの役に立っているのか
言葉だけでごまかそうとしていないか
外見だけで済まそうとしていないか
頭でっかちになっていないか
胡座をかいて
偉そうに能書きを垂れているだけになっていないか
ちゃんと汗をかいているか
この手に土はついているか
この身体に血は流れているか

ここに来る資格はあるのか
ここで暮らす人たちと話す資格はあるのか
忘れていないか
忘れようとしていないか
忘れることに抗っているか
忘れようとする者と戦っているか
逃げていないか
目を逸らしていないか
自問する
どこまでも自問する
答えの出ない問いを抱えたまま、
また僕は自分の日常に戻る
たとえそれがどれほど小さくとも、
誰かの、何かの役に立てていますようにと願いながら
明日、帰ります

☐よこしま

十月に入ってから、毎日このｎｏｔｅに何かしらの文章を書いている。

投稿ボタンを押して開かれるページの一番上には「記事タイトル」と書かれていて、はて僕の書くものは記事なのだろうかという疑問を持ちつつ、それはつまり記事というのは事実を記したもので、僕のように嘘と妄想とでっち上げと勝手な思い込みをダラダラと書き散らしたものは記事とは呼べないのじゃないだろうかという疑問なのだけれども、ともかく記事タイトルと書かれているところに、まずは適当なタイトルを放り込む。

これは書き出すきっかけをつくるためのものなので、本当に適当なタイトルを入れる。そのタイトルを出発点に書き始めても、ひと通り文章を書き終えてみると、まるで合わないものになっているから、結局あとで変えることになる。だから適当でいいのだ。

たぶん、ほとんどのものごとはそうなのだろう。人生と同じく、最初に思い描いていた通りになることはない。

ちなみに、いま入れているタイトルは「よこしま」だ。でも、たぶん「よこしま」にはならない。この時点で、もうすでに「よこしま」な話じゃなくなっている気がするし、そもそもは「よこしま」という言葉からラグビージャージにつなげる話を書くつもりだったのだから。

新しい文章を書かないときは怪しげな小説を書き足している。秘伝のタレのごとく少しずつ継ぎ足してはいるものの、いったいどこへ向かっているのか、最終的にどう落ち着くのかは僕にもまだわからない。でも、それが僕にとっては小説の面白さで、ここことは違う別の世界を覗き込み、そこに生きる者たちの日々を書き留めている感覚だ。僕自身の未来がわからないのと同じように、別の世界の未来だってわからない。これもまた人生と同じく、最初に思い描いていた通りになることはない。だから面白いのだ。

ともかく十月に入ってからは、ここに新しく何かを書くか、あるいはタレを足すかのどちらかを続けていて、これはもうすぐに飽きてやめるかと思っていたのに案外と続いている。

僕の周りには毎日ｎｏｔｅに文章を書いて数年になるという人たちが何人かいて、それはいったいどんな感覚なのだろうと興味を持ったのが始めたきっかけだから、その感覚がわかればやめる気なのだけれども、今のところはまだ何もわかっていないのでやめづらいのだ。

ここととは別に僕は毎朝短い文章を書いていて、こちらは仕事として三年以上休むことなく続けているから、毎日何かしらの文章を書くことについてはある程度わかっているつもりだったのに、やっぱりちょっと違っている。少なくともそれだけはわかったし、それしかわかっていない。

毎日書いていると、いずれはたくさんの文章が溜まることになる。今年の五月に、それまでいろいろな雑誌やＷＥＢサイトやｎｏｔｅなどに書いてきたものを二冊の文庫にまとめたのが意外によかったので、ある程度の分量が溜まったらまた一冊の本にまとめてもいいなと思っている。

あくまでも自分の思考をあとから読み返すためなのだけれど、せっかくまとめるのならまた文学フリマに出品してもいいし。

そういう意味では純粋に書きたくて書いているわけではなく、人の感覚を知りたいだとか、いずれまとめて荒稼ぎしてやろうとか、そんなよこしまな気持ちが僕の中にはあるようだ。なんとか「よこしま」にたどり着いた。

「note」二〇一九年十月二十日

🐦記された消費期限は気にしない主義者。食べてお腹で判定。

🐦乃木坂に1人くらいおじさんが混ざっていてもいいだろう。ホットパンツを穿いてローラースケートで滑るのもやぶさかではない。「ホットパンツ」って、よくよく考えてみると意味がわからない。何がホットなんだ??

🐦おいしいものを食べて、お風呂に浸かって体を温めて、ゆっくり眠る。たいていのことはそれでなんとかなる。だからこそ満足に食べられない、体を温められない、ゆっくり眠る場所がない人たちのことを思うと申しわけなくなる。そう思いながら殆ど何もしない自分を恥じつつ、でもやっぱり何もしない。

🐦決定的な瞬間に決定した。

🐦1日のカロリーは昼12時と深夜0時にリセットされるので、それぞれのリセット時刻直前までは何をどれだけ食べても大丈夫だし、リセット時刻のあとも遅くとも12時間後には再びリセットされるから、何をどれだけ食べても大丈夫なのです。

🐦じつは、バッハさんの中には小バッハが入ってるんですよ。ちなみにデュマの中には小デュマが入っています。

🐦新車を買うぞ! 車海老を!!!

□ディティールへ逃げる

映像でも小説でも絵でもなんでもいいんだけど、何かが思い通りに進まないとき、どうも僕はディティールへ逃げる癖がある。

何かをつくるときには、本当はまず全体をざっくり構成したり、粗くてもいいからどんどん書き進めたり、大まかに形を把握したりしたのちに、細部を詰めていくほうがいいし、そうしないと行き先を見失いがちになる。それは自分でもよくわかっている。わかっているのに、なぜか全体のことを考えず、つい細かな部分をまず完璧に仕上げようとしてしまう。

ディティールに逃げるのはそれが楽だからだ。神は細部に宿るとは言うものの、それは全体があった上での細部で、どれほど細かな部分が完璧でも、その完璧をすべて並べたときに全体も完璧になるかといえばそんなことはなくて、ただ完璧の断片が歪《いびつ》に並ぶだけのことだ。そんなことはわかっている。わかっているのだけれど、どうしても細部をいじりたくなるのだ。

素材を全部並べてみれば、いる要素といらない要素が見えてくるのに、それをしないで、まだいるかいらないかわからない映像にあれこれ工夫を加えようとする。

先まで書き進めると、ああ最初のシーンはなくてもいいな、なんてことになる場合だってあるのに、最初の一文をいつまでもこねくり回している。

全体を把握するには体力も気力もいるし、それが何であれ、これから自分の創り出す世界をまるごと引き受けるだけの覚悟がいる。それは頂上の見えない山を登ったり、底の見えない洞穴へ入ったりするようなもので、そこに向かうだけの勇気を持たない僕は、ディティールに固執することで、まるで自分が何かをやっているような気になっている。そう思い込もうとしている。けれども、それはただ逃げているだけなのだ。わかっている。わかっているのに、今日もやっぱりディティールをいじってばかりいた。

☐ひーとなる

ラムネをいただいた。清涼飲料水のラムネではなくて、タブレットというか飴というか、あれだ。白くて丸いお菓子のあれだ。森永ラムネ。ずいぶん長く見ていなかったので懐かしい。そういえば、僕が小学生のころは森永ラムネのテレビコマーシャルがあった。どんなコマーシャルだったかはさっぱり覚えていないけれども、コマーシャルの最後に流れる「森永ラムネ」というサウンドロゴだけは覚えている。

あの手の強いサウンドロゴはいつまで経っても覚えているから、やっぱり人の記憶は視覚よりも聴覚や嗅覚に密接しているのだろう。高校時代によく聞いていた曲を耳にすると、一瞬にしてそのころの光景を思い出す。光景だけではなく、気分まで思い出す。

たぶん視覚は情報量が多すぎて記憶には向いていない。見たものをまるごと覚えるのではなく、視覚情報から抽出した記号だけが脳の奥にしまいこまれていて、記憶を呼び出そうとすると、その記号から新たな視覚をつくっているのだろうと僕は思っている。これはたしか前にも書いたけれど、頭の中には料理ではなくレシピが記憶されているのだ。そして、材料とレシピさえあれば記憶という料理は再現できる。ラムネの話からずいぶんと脱線した。

さて、いただいたラムネを口に入れて、しばらく舐めていたのに、つい噛んでしまった。僕は飴をずっと舐めていられない。すぐに噛んでしまうのだ。噛んで奥歯にくっつくのが好きなのだ。

それはともかく、森永ラムネの大粒タブレットをうっかり噛んでしまって、僕は「ひー」となった。砂糖菓子をかじっても、この「ひー」となる感覚がある。特に砂糖で作られた白ウサギなんかは「ひー」の度合いが強いように思う。

この感覚をわかってもらえるかどうかはわからないし、別にわからなくてもいいのだけれど、とにかく「ひー」となるのだ。この「ひー」は、ちょうど黒板に爪を立てたときのような、発泡スチロールの塊どうしをこすり合わせたときのような、あまり気持ちよくない音を耳にしたときのあの感覚に近い。

特にオチのある話じゃない。

❐変わったのはバランス

何だか最近「機能的消費から↓記号的消費↓そして、共感的消費」ってよく言われているような気がするけれど、どうも腑に落ちない。

機能のない商品は存在できないし、消費には必ず記号表明的な要素があるわけで、それに、そもそも共感がなければ購買しないのだから、「↓」っていう変化が起きたわけじゃなくて、あくまでもコミュニケーションのバランスが変わったってことでしかないよね。

だから、どうコミュニケーションのバランスが変わったのか、なぜ変わったのかを考えるほうが、正しいマーケティングになるんじゃないかなあ。

□残せたらいいのに

三角食べについては、これまでに何度か書いたような気もするけれど、もしかすると書いていなかったかもしれない。ともかく、少なくとも僕と食事をしたことのある人はたいてい気づくことなので、書いたかどうかはこの際どっちでもいい。

僕は三角食べができない。

三角食べが何かわからない人もいるだろうから簡単に説明すると、これは食事のときにテーブルの上に並んでいるおかずやら主食やら汁物やらを交互に食べるやり方で、おかず1を少し食べて主食を食べて、こんどは汁物を少し飲んで、おかず2に箸を伸ばして、また主食を少し食べて、といった具合に展開する食事手法のことである。知ってるよね。

これが僕にはできない。もうぜんぜんできない。ときどきがんばってみるのだけれども、気を抜くとできない。

おかず1を食べて、おかず1を食べて、おかず1を食べて、おかず1の皿が空いたら、おかず2に移動する。おかず2をぜんぶ攻略して皿が空いたら汁物に行く。汁物を飲み干したら主食に手をつける。こんなふうに、僕は一箇所ずつ撃破するやりかたで食事をとる。

丼物は上の具だけをまず食べる。そばやうどんも、上物をまず食べてから麺に挑む。なので、いろいろな具材が混然としている食べ物を前にすると困惑する。固まる。どう食べていいのかわからないのだ。お好み焼きなどパニックになるほかない。

そういえば、いつだったか若者たちと一緒に焼肉を食べに行ったことがあって、次々に肉だの野菜だのが運ばれる中、僕の前にキムチの皿がひょいと置かれた。置かれたから、とりあえずキムチに箸を伸ばした。もちろん一度キムチに箸を伸ばしたら最後、その皿が空になるまで僕はキムチを食べるしかない。そうしてずっとキムチを食べ続けてようやく皿を空にしたところで、気を利かせた若者が「ああ、鴨さんって、キムチがすごく好きなんですね！」とキムチを追加で発注してくれたから、またしてもキムチの小皿が空になるまで僕はキムチを食べ続けることになった。

とにかくそれくらい三角食べができないのであります。目の前にある皿を一つずつ順番に片づけないと、どうにも気が済まないのであります。

そんな僕にとって、ビュッフェ形式のランチはありがたい。とくに六つやら八つやらの窪みのついたプレートだと尚更ありがたい。きっちり切り分けられた区画に載ったおかずを端から一つずつ制覇していけばいいのだから、迷うことがない。とてもありがたい。それでも、おかずを載せる位置をまちがえてしまうと、端から順に窪みを空にしているうちにお腹がいっぱいになって、好きなおかずにたどり着けないまま終わることもある。だからといって、食べかけの窪みを空にせずに隣の窪みへ進むわけにはいかないのだ。

日ごろの生活や仕事でも僕は三角食べができない。複数の仕事を少しずつ同時に進めることができないのだ。いろいろなことを同時にやっているように思われがちなのだけれども、ぜんぜん違う。僕はまったく同時にはできていない。いくつものことがらを少しずつ進行させることができなくて、いま目の前にあるものをまず片づけてしまわないと次のことができないのだ。

時間や手間をとられる大きな仕事に取り掛かろうとしているときに、小さな案件が飛び込んで来ると、僕はまずそれに気を取られてしまう。その小さな案件を片づけ終わるまでは先へ進めない。やっと片づけて、やるべき大きな仕事に向かおうとすると、また小さな案件が飛び込んでくる。メールへの返信だとか、ハンコを押すだとか、そういった小さな案件だ。

本当ならそんなものは後回しにして、さっさと大きな仕事に取り掛かってしまえばいいのに、小さな案件が片づいていないことが気になってしまうと、もう無理だ。大きな仕事の前に小さな案件をすべて終わらせたくなってしまう。ところが、小さな案件というのは途切れない。いつまでも発生し続ける。そして僕は発生した案件を置いては進めない。こうして僕はなかなか大きな仕事にとりかかれず、困ることになる。

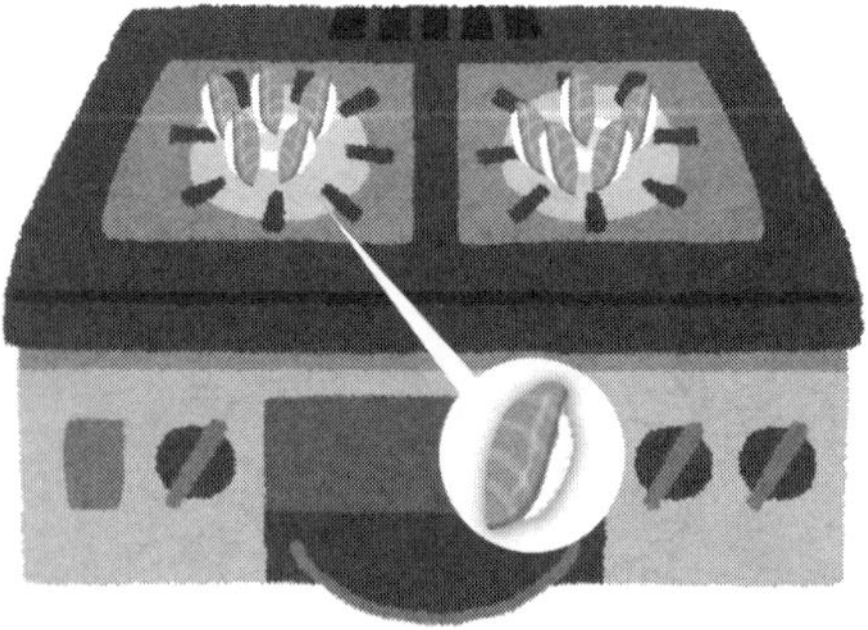

とろ火

指名されなくても

また例の「氷水かぶって」が回って来たので、ここに書くのもどうかなあと思いながらも、わりと本気で書きます。

今回の「氷水」は、これまでALSを知らなかった人に認知を広めたという意味ですごいことだと思います。ALSを発症している人の辛さと恐怖は想像するに余りあるし、出来るだけ早く治療法が見つかるよう願います。

でも、だからこそ「氷水」の指名が回って来る来ないに関係なく、自分に出来る支援をする人が増えるといいなと思うのです。

「指名されたら支援をする」「指名されなかった人は見ているだけ」という流れになっているような気がして、少しだけ心配しています。

世界で、日本で、今まさにいろいろな問題に直面して困っている人たちがいます。指名などに関係なく、そういうたち人のことを想像して、自分にできることは何かないかと探してみる、

そんな気持ちや行動がもっと普通になればいいなあと思うのです。

僕は遅い

どうしてイベントや番組に出るのが苦手なんだろうと、しばらく考えていたのだけど、たぶん、ゆっくりと考えられないからなんだろうな。

質問されたらすぐに答えなきゃならないような圧迫感があって「うーん」と何分も考え込むわけにもいかず、どうしても、頭に浮かんでいることを正確には伝えられない。

僕自身は沈黙を恐れないけれど、僕がしばらく黙ってしまうと、一緒にいる相手やイベンターさんやディレクターさんなどが「ああもう、早く！ さっさと何か言って！」と思っているのがひしひしと伝わってきて、それがすごく辛い。

きっと、ああいったものは、頭の回転が速くて何にでも素早く反応できる人向けの場所なんだよね。

シュークリームをむさぼろうよ
ホイップにカスタード
二種類のクリームが混ざって溶けて
シューにこっそり空けた穴
チョウチョみたいにクリーム吸って
薄くたたんでシワシワの皮
クレープにして口に入れたら
バターと小麦　フランスの空
シュークリームをむさぼろうよ
小さなやつをもう一つ
真っ青な空に黄色い太陽
胸いっぱいに甘さよ広がれ
僕らがずっと幸せでいられるように

❏三つ星の定食屋

僕のところへやってくる制作案件は、もうさっぱり予算がないか、あるいはまったく時間がないか、ともすればその両方で、それを知恵と努力で何とかしてくれというものがほとんどを占めている。

テーマが複雑すぎたり条件が厳しすぎたりして他ではすべて断られてしまって、もう後がないんだけれどもどうにかならないだろうかという話もそれなりにある。

本当は予算も時間もたっぷりある案件を、他に断られる前に最初から持ちかけてくれると僕としてはとても嬉しいのに、そういった案件は一流の人たちが取り扱うものと相場が決まっているので僕のところへはやってこない。

受けた以上はもちろんベストを尽くすけれども、残念ながら知恵と努力だけでできることには限界があるし、もとより僕には一流の人たちのような能力や才能はまるで無いから、そもそも「何とかして欲しい」から始まったはずの案件に、やっぱりああして欲しい、もっとこうならないのかといったクライアントからの要求が次々に追加され始めると、ううむ参ったなあと頭を抱えることになる。

商店街の外れにある小さな定食屋では、定食屋なりにがんばってできるだけおいしい定食を出そうとはしているけれども、そこで三つ星フレンチのフルコースを求められても、こればっかりはなかなか難しい話で、僕にできるのは、煮魚定食の三つ星を目指すことだけなのです。

それでも、最初の「何とかして欲しい」がいちおう「何とかなった」ら、次はその「何とか」のレベルを上げたくなる気持ちもわかる。とてもよくわかる。でも、それにずっと付きあってしまうと、僕はまだしもスタッフがどんどん疲弊していくので、やっぱりどこかで厳しく線を引かなければならないのだ。そして僕は厳しく線を引くことが苦手だから困るのだ。たぶん一流の人たちは、その線引きも上手にできるのだろうなあ。

「鴨はかなり珍しい体験をしているのに、どうして自分の日常生活や過去の体験をベースにした小説を書かないのか？　自分の内面を深く掘り下げることから逃げているんじゃないのか？」と言われたことがある。

「お前の書いているものは、本物の小説じゃない。自分自身を書くことを通じて人間を描くのが本物の小説なのだから」その人は加えてそう言う。

なるほどそういうものなのかとは思ったものの、僕は何も答えなかった。

僕が初めて書いた小説は文芸誌『群像』に掲載された短編『エビくん』で、編集者から依頼を受けてこれを書くときに、僕は一つだけ自分にルールを課した。それは「自分の日常生活や体験をベースにした一人称の物語は書かない」というもので、だから「どうして書かないのか？」の問いには「そう決めたから」が答えになる。

ルールを課したのには二つの理由があった。

一つは、人が何かを書けば意識しようとしまいと、どうせ自分の日常生活や過去の体験、そしてそれらに基づく考え方や世の中の捉え方は自然と文中に滲み出てくるだろうから、わざわざそれをテーマにする必要はないし、僕ごときが自分自身の話を一人称でそのまま書くのはなんとなく下品だなと感じたこと。

そしてもう一つが、もし、この先も物書きを続けていこうと覚悟するのならば、自分とはまったく違う世界のこと、自分とはかけ離れた人たちのこと、自分が知らないものごとについて、己の体験からではなく想像力だけで書く力が必要だろうと思ったことだ。

主にこの二つの理由から、僕は自分自身のことは自然と滲み出るのに任せるだけで、あえて書くことはしないと決めたのだった。

だから、自分自身を描いていないものは本物の小説ではないというのであれば僕は本物の小説を書く気がないし、そこに興味も無い。

もちろん本物の小説を書く人たちだって、体験をそのまま書いているわけではなく、そこから想像力を膨らませて世界を創作することで人間を描いているわけだし、そして読み手としての僕はそんな物語が大好きなのだけれども、僕自身は普遍的な人間の本質だの人の心の機微だのを丁寧に描くよりも、ある状況に置かれた人や物がどう行動するかを雑に考えるほうが楽しいし、それらを想像だけで書くのがおもしろいと思っている。

何もないところから想像だけで書いたつもりでも、いざ読み返してみればやっぱり文中には僕自身の体験や思想がたっぷりと紛れ込み、しかも普遍的な要素も少しは含まれているように思えるから、それでもう充分なのだ。

僕が自分に課したルールに意味があるのかどうかはよくわからないけれども書くのは僕自身なので、いくら自分以外のことを書こうとしても、結局のところ、僕には僕の耳目を通して感じた世界について、僕の頭で考えられる範囲のことしか書けない。自分以外のことなんて書くことはできないのだ。

基本的に僕は他人に興味が無い。自分にも興味が無い。どうせ滲み出る僕のことなどどうでもいい。だから人間よりも人間を取り巻く状況そのものを書きたくなるのだろう。それはたぶん江戸時代に黄表紙を書いていた戯作者の感覚に近いのじゃないだろうかと勝手に考えている。

そんな僕の妄想を一緒におもしろがってくれる人がいれば、もちろん嬉しいけれども、よくわからない、つまらないと言われても、そりゃまあそうだろうと思うだけだ。なにせ全ては僕の妄想なのだから。
なんてことを言いつつ、ある日突然、あきらかに僕の過去の体験に基づいたとしか思えない物語を、一人称で書き始めるかもしれないから、しょせん黄表紙書きなど信用してはならない。

「note」二〇二一年十二月三十日

災害報道に関わった記者やディレクターの中には辞めた者もそれなりにいて、一方、今もずっと取材し続けている者もいて、みんなそれぞれの思いで、やり方で、それぞれの場所に立っている。

僕は、あそぶかねが欲しいのです。そのためには、僕にあそぶかねが必要なのだと思います。

もう再生手段もほとんどないのに、引っ越すたびにずっと運んでいるマスターテープ。捨てるかどうか悩んでいる。

うんこは苦いってあれだけ言ってるのにまだわからんのか。

人には二種類のタイプがある。カレーが好きな人と、カレーがもっと好きな人、あと、それほどでもない人。

向こうの方からパパパーッってきて、砂ザザザーなりようから、これエラいことなるんちゃうか思て見てたら、ほんなら、ぐわーんってなってすぐに全部どっかーーんやもんな。それでグシャーやろ。えらいわほんまに。

六甲山には毎日行ってた。行ってたというか帰ってた。いや、むしろ毎日六甲山を下りてた。

愛の不時着、わいも無事着。

世界中の胸肉がもも肉になりますように。

◻存在しない未来

　興味の有り無しでものごとの見え方は随分と変わるものだなと思う。まもなく元号が変わるという話題は、もうあちらこちらで多く取り上げられている筈なのに、その話にはまるで興味がなかったものだから、これまで殆ど僕の耳目を引かなかったし、ようやく今日あたりになって、ああそうかもうすぐ元号が変わるんだったなと思い出す程度の関心しか、今でも僕にはない。

　僕はもともと頭の中のカレンダー機能が壊れているので日付が今一つわからないのに、元号と西暦が混在するとますますわからなくなってしまうから、もう元号はいいかげん止めればいいのにと以前から思っていた。

　僕の運転免許証は平成三十二年まで有効になっている。もしも今、三十年ものの住宅ローンを借りたら、平成六十一年までの契約になる。存在しない未来の日付が書き込まれている書類というのは、ＳＦや思考実験としては面白いけれども、現実としては面倒くさい。

　今回、あれやこれやを新しい元号に修正しても、どうせ二十年もすればまた変わるのだから、これを機会に止めればいい。そもそも役所が元号を使うことだって法律で決まっているわけじゃなくて、単なる慣例なのだから変えようと思えば今日にでも変えられるのに変えないのは、堂々巡りのようだけれども、それが慣例だからなのだ。

もちろん長く続いてきたものだから、完全に無くしてしまえと乱暴なことを言うつもりはないし、ある種の儀礼的な文化として一部の人たちで使うぶんには構わない。でも、せめて役所や銀行をはじめとする公的な機関では、そろそろ西暦に切り替えて欲しいと思う。

たいして興味が無いわりには、あれこれと書いた。

社会のすごいはあまりない

最近「日本って案外すごい！」って感じの番組が増えて、確かにそうだなってものもあるけれど「こんなに日本ってバリアフリーがすごいんだ！」とか「自殺率は世界で最低レベル！」とか「なんと税金がゼロ！」とか、そっち方面の「すごい」って番組は一切ないので、そういうことなんだろうと思っている。

🐦ビーバーが大きくなるとセキセイインコになります。

🐦さきほど、アパートの屋根裏に隠れていたバッハ会長を捕獲しました。現在、バッハ会長はとぐろを巻いて眠っています。

🐦バッハには2種類ある。黒バッハ（大）、白バッハ（大）、黒バッハ（中）、白バッハ（グラス）、そして生バッハ（にごり）だ！　本当はぜんぶ瓶です。嘘つきましたごめんなさい。

🐦よく知らないけどそうみたいですよ。知らんけど。

🐦善を想い、善を語り、善を為す。

🐦だがしかし母からの呼び出し。例の「何もしていないのに急にネットがつながらなくなった。見に来い」事案。いや、ぜったいに何かしたんだよ！！

🐦僕がひたすら高級寿司店でお寿司を食べるだけの番組をつくりたい。

🐦不安なときは深呼吸がだいじ。僕もやるよ。ヒーヒーフー、ヒーヒーフー。

🐦嘘をつく体重計。

新刊と新番組

新刊『電話で話しながら会計に来る人は、何か尋ねても返事をしてくれないし、支払もやたらと遅い』

そろそろ『恋するジャージャー麺』って韓ドラがつくられてもいい。

新刊『ビキニは布が一割』

子供の質問に嘘でしか答えない『春休み・こども電話うそだん室』やりたい。

新刊『世界は90%が9割』さらに残った部分のおよそ90%も9割。

新刊『めちゃくちゃ嫌われる勇気』

新刊『世の中の90%は九割』

『マンガでわかる！　エロ式英語占いダイエット』って本を出したら売れるかな？『マンガでわかる！エロ式英語占いダイエットが9割』だったらどうかな？

新刊『オレはカレーが9割』

◻縦方向へは伸びていかない

僕があちらこちらの自己紹介欄に「たいていのことは苦手だ」と書いているのは、あながち嘘じゃない。僕はいろいろなことを頼まれては、なんとかそれをこなしているから、器用だねと言われることもあるけれど、もうまったく器用ではなくて、これは僕がたいていのことを苦手にしているからできることなのだ。

何かが得意な人、得意だと思っている人は得意だから最初からうまくやれるし、うまくできれば楽しいからどんどんやって、ますます上手くなる。得意が得意をつくっていく。そうして、得意な人の中から一流の人が生まれてくる。

でも、僕のようにたいていのことを苦手に思っている者は、巻き込まれたり騙されたり誘われたり断れなかったりして、しかたなくものごとを始める場合が多い。苦手だからすぐには始めることができず、まずは参考資料などを集めて目を通し、得意な人がどうやっているのかを見よう見まねで学ぶことになる。そうやって、なんとか最低限のところまでたどり着こうとする。

もしそれが得意ならずっと続けていいはずのことでも、苦手だから終わればさっさとやめて、すぐ次のことに移っていく。移った先ではもちろんまたゼロから学ぶことになる。そんなふうに、あっちで学んで、こっちのまねをして、なんてことを繰り返しているうちに、いろいろなことを最低限のレベルではこなせるようになった。でもそれは、ただ流されるまま多くの業界をフラフラと渡り歩いてきたから、体験がたくさん溜まっているだけのことで、得意だからできているわけじゃない。たまたま複数の体験をしてきたから、それらを同時に活かせているだけで、むしろ苦手なままなのだ。

僕は器用でもなんでもない。あれこれできるわけでもない。最低限をいくら横に並べても、縦方向へは伸びていかない。僕はいつも付け焼き刃とその場しのぎで最低限のことをこなしているだけで、それは得意な人がもしかするといつの日にか手にするかもしれない一流の世界とは、ほど遠いものだ。

♪ 明日はトゥモロー

昨日も私　一人イエスタデイ
あのころ毎日が　エブリデイだったの
都会のジャングル　アーバンジャングル
夜はナイトで　光はライトだったわ

いつの日か　来るわサムデイ
週末に　ウィークエンドが

　明日はきっとトゥモロ～
　明日が来ればトゥモロ～
　明日の朝は　そうよ
　トゥモロ～モーニング～

あなた誰なの　どこかのサムボディ
美しい思い出　ビューティフルメモリー
夏の陽射しも　サマーサンシャイン
道はロードで　道路もロードだったわ

いつの日か　行くわトゥゴー
年明けに　ニューイヤーが

※明日はきっとトゥモロ～
　明日が来ればトゥモロ～
　明日の朝は　そうよ
　トゥモロ～モーニング～

（※やめろと言われるまで永久に繰り返し）

□愚かにもまるで今

何かしらものを考えていて、ちょっとばかり新しそうな考え方に気づいたり、ああ世の中ってこういうことなんだろうな、なんて自分なりの解釈を見つけると、僕はそのことを忘れないように、あるいは誰かに伝えるために文字に記す。手元のメモ用紙に殴り書くこともあるし、こうやってネットに記録することもある。特にまだ何も考えられていない段階でも、見方や考え方の道筋を覚えておくために書き残すこともある。

書きながら、たぶん僕は自分の考えたことにどこか気持ちが高揚している。自分ではまるで気づかないのだけれども、心の奥底では静かに興奮しているのだろうし、まったくそのつもりはなくても、きっと内心では少し得意になっているのだとも思う。何かを残したい伝えたいと思った時点で、そこにはある種の見栄というか、自慢というか、自負のようなものが潜んでいるのだと思う。でなければ、わざわざ書いたりしない。

ところが、これはもうたいへん残念ながら、僕の考えることなど数百年、あるいは数千年も前から多くの考える人たちに脈々と受け継がれ、さんざん悩んで答えを出したり出せなかったりしている問題ばかりなので、僕のたかだか数十年の経験から生まれる思考なんて、誤差にもならない。

考える人たちが積み重ねてきたものをよく知る人は、僕の書くものを見るたびにきっと、それはあの人が考えていたこと、それはこの人が答えを出している、それはもうとっくに考え抜かれている、なんてことを思うに違いないし、その問題についての議論はずいぶん先まで進んでいるのに、どうして今さらそんな初歩的なところから始めているのか、なぜそんな遠回りをしているのかと不思議に感じることだろう。

ものを知らないとずいぶん遠回りをすることになる。先人の積み重ねを知るには本を読むのが一番いい。だからせめて本を読む。長く読み継がれてきたものを丁寧に読むのがいいとはわかっていても、いつだって読み足りないものだから、知っていれば、読んでいれば、考え抜かれたその先から始められるのに、僕はいつも思考の入り口ばかりをうろうろすることになる。

先にいるのは、別に数百年単位の先人たちばかりじゃない。ほんのひと回りか二回り上の世代の人たちだって、僕が何か言ったり書いたりするたびにきっと「ああ、君の年のころには私も同じことを考えていたなあ」と内心思っているに違いない。内心そう思っていながら、彼ら自身もまた同じように辿ってきた道だから、ただ何も言わないだけなのだ。

今ここに書いていることだって、もうとっくに言われていることだし、誰かがすでに解決方法を見つけていることかもしれないのに、僕はそれを知らないから、読まないから、愚かにもまるで今僕が考えついたことのように書いている。なんともみっともない。その愚かさが、つらいし恥ずかしい。

おみくじ

好きなくじをひいてね。

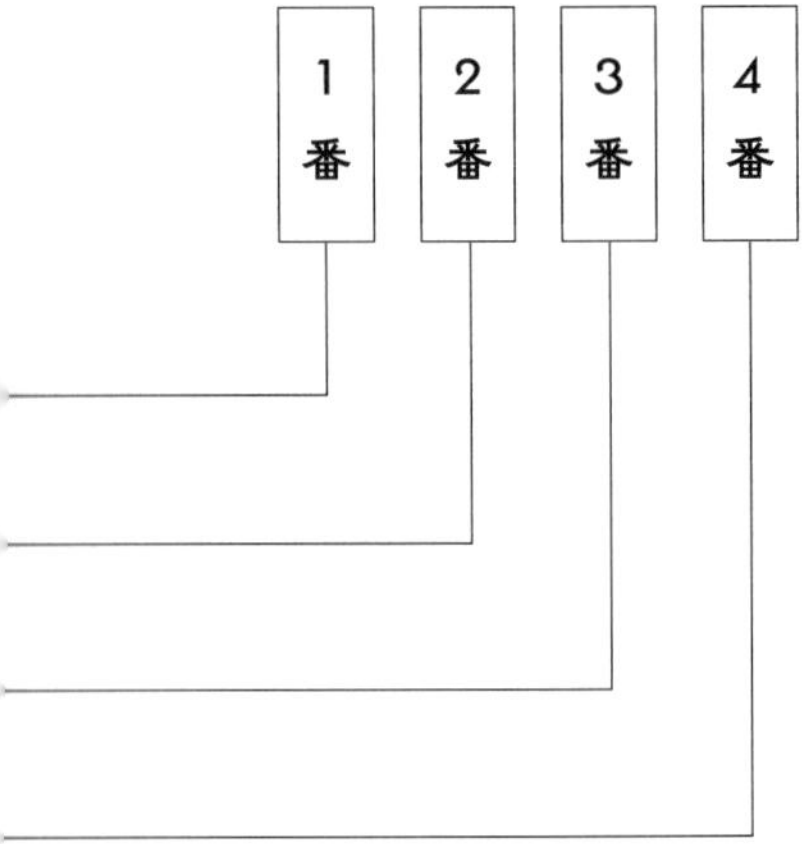

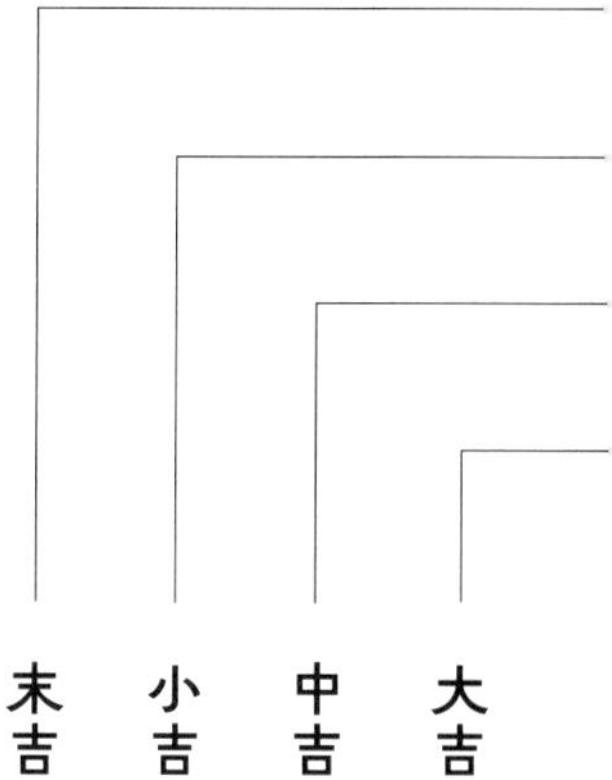

大吉　いいよ。すごくいいよ。ものすごくいいよ。

中吉　中吉って、真ん中じゃなくて真ん中よりちょっといいんだよね。

小吉　なんとか回ればだいたいよし。

末吉　吉ってついてるからいいと思う。

「ｎｏｔｅ」二〇二〇年四月十九日

見たものを見る目

知人の中に写真を生業にしている人たちが何人かいて、もちろん普段からものの見方というか、世界を見る解像度というか、ともかく「目」が僕なんかとはまったく違っているのはよくよくわかっているものの、一緒に食事をしたり旅に出たりするとその違いが如実に立ち上がってくる。

写真家、カメラマンと呼ばれる人たちだから、ちょっとしたスナップにしても、あるいは皿に乗って出されたばかりの料理にしても、さぞきっちりと撮影するのかと思いきや、カメラをサッと出してサッと撮って終わり。

あっちから撮るべきかこっちから撮るべきか、あるいは暗くないか明るすぎないか、もっと近づいたほうが良いんじゃないか、いや背景を入れたほうがいいんじゃないか、僕たちがカメラを手にそんなことを考えている間に、とっくに撮り終わっている。いや、撮り終わっているどころか撮らないことさえある。

絶景を前に、おもしろい建物を前に、珍しい動物を前に、僕たちがそれぞれカメラやスマホを取り出すのをニコニコと眺めているだけで、彼らは何も撮らない。

写真を生業にしているのに写真を撮ら

ないのだ。撮らずにいられるのだ。ただその場にいて、じっと見て、何かを感じとって、ふーん、なるほどね、なんて言ったりする。そうして僕たちが、まあここはいいだろうとスマホをポケットにしまったままやり過ごそうとした場所で、すっとカメラを持ち上げて、一枚か二枚シャッターを切って、それで終わる。しかも、撮った写真の確認はしない。

たぶん自分が何を撮ったのかを明確に把握しているから、いちいち確認する必要もないのだろう。

やみくもにシャッターボタンを押して、さあ何が写ったかな、うまく撮れたかなと夢中で見返している僕とは大違いで、それこそがきっと「目」の違いなのだろうと思う。

彼らは目に入ったものをそのまま見ている。そして、見たものを撮っている。絵描きの目も同じで、自分の見たものをそのまま見ている。残念ながら僕には、視覚情報として目に入ってきたものを、そのまま見ることができない。いちいち解釈したり余計な説明を付け加えたりしながら、実際に見たものではなく、見たものに関する情報ばかりを見ている。

写真家や絵描きのような、見たものをそのまま見ることのできる目が欲しいと思い、たとえば彼らの持ち歩いているカメラと同じものを手にしたとしても、僕の撮る写真は彼らのようには写らない。どうやっても写せない。

持っている「目」が違うのだからあたりまえなのだけれども、それでも少しくらいは近づけるんじゃないかと妬ましく恨みがましく思いつつ、そんな写真家の知人の一人が先日持っていた小さなカメラの値段を、いま僕はネットで調べているところなのだ。

「ｎｏｔｅ」二〇二二年十一月二十三日

ワクチンあれこれ

早くフルチンになりたい。僕はまだノーチン。

ワクチンを二倍にするとワクワクチンチンですけど、運賃を二倍にしたら往復料金と同じなんですよ。しかも割引なしの。

ワクチンを接種するときに「ファイザーーーッ!!」って叫ぶのと「アストラッ、ゼネカーーーッ!!」って叫ぶのとどっちがカッコいいだろうって考えてる。できれば、よりカッコいいほうを打ちたいよね。サノフィとかモデルナは技の名前としてはちょっと弱い感じがする。

僕はまだワクチン接種してないから、ナイチンゲール。一回接種でワンチンゲール。二回接種でフルチンゲール。

キャンセルになったワクチンを自治体職員や首長や各種施設関係者が優先的に接種するのって、とても理にかなっていると思う。彼らが動きやすくなればなるほど、全体の動きも加速するわけだし。それを何か悪いことのように報じるメディアには、いったいどういう意図があるのか僕にはよくわからない。

ワクチンとネコチャンの区別がつかなくなるくらいには疲れている。

そんなワクチンいくらでもあります。風疹も麻疹もワクチンを打って欲しいと多くの方が願っていて、キャンペーンを何度もやっている。数十年前なら亡くなっていただろう乳幼児たちが、ワクチンのおかげで生きている。あなたに必要なのは肌感覚などではなく、正確な知識とそれを理解する能力ですよ。

朝起きて、ちょっと熱っぽいと緊張する。早くワクチン打ちたい。打って、ほんの少しでいいから安心したい。

ワクチンについてあれこれと指令する人は「ワクチンコマンダー」と呼べばいいのだろうか。僕はエレガントの人なので、さすがに「ワクチンコマンダー」を二倍にはできない。そう、二倍にすると「ワクワクチンコチンコマンマンダーダー」になってしまうからね。ワクチンコンプライアンスも求められます。

一回接種でワンチン。二回接種でフルチン。

ワクチンの社会的な意味合いや重要さがちゃんと周知理解されて、コロナワクチンを接種するタイミングで、ＭＲワクチンやＨＰＶワクチンも一緒に接種できるようにならないかなあ。

前にも書いたけど、ワクチンを接種するときに「ファイザーーッ!!」って叫ぶのと「アストラッ、ゼネカーーッ!!」って叫ぶのと、どっちがカッコいいだろうって考えてる。できれば、よりカッコいいほうを打ちたい。サノフィとかモデルナは防御系っぽいから本当はそっちのほうがいいのかもしれんが。防御系っていうか、たぶん回復系だよな。

「私、エルメスのワクチンしか打ちたくないの」

ｍＲＮＡワクチンをこんなに短期間で開発できたのは本当にすごいことだな、世界の科学者が本気を出したらすごいんだな！　って驚嘆してる。

「ワクチンが開発されるまで、特効薬が見つかるまで、必死で医療の現場を守る必要がある。だからステイホームして欲しい。なんとか感染拡大を遅らせて、抑えて、その間に医療体制を充実させる」ってのが、去年の今ごろ僕たちが耳にしていた話だよね。だったら今年も同じ方針でなきゃダメじゃないの？

新キャラクター
「スヌッキー」

ワクチンを打ったあと、５Ｇ接続するにはちゃんとキャリアと料金プランを選ぶ必要がありますので、ご注意ください。フォークやスプーンは勝手につきます。『アグニオン』では首にあるものを埋め込まれることで、全員がつながって互いに意思の疎通を図れるようになるって設定があったんだけど、あれ、もしかしてワクチンだったのか!!

「あのとき助けていただいたワクチンです。今日はご恩返しに……」

memo

memo

お姉さんの目論見

神戸は都会なのだけれども、僕の育った山のあたりにはほとんど店がなく、もちろん書店だってなかったから、ぶらりと近所の書店を覗くなんてことはできなくて、街に出たらいつも何軒かの書店を回っては、学校でも図書館でも見たことのない本がずらりと並んでいる棚を夢中になって眺めていた。

山を降りた麓にある阪急電車と国鉄の——当時はまだＪＲではなく国鉄だった——それぞれの駅のそばに一軒ずつ書店があって、どちらにもよく立ち寄っていた。もう名前は覚えていないけれども、国鉄のそれは大きなチェーン店で、ビルのワンフロアすべてを占めているのに対して、阪急にある書店は個人経営の小さな店だったと思う。

自分の小遣いで初めて本を買ったのは阪急の店で、何日も通っては棚を眺めるものの、僕はなかなかその中から一冊を選んで買うだけの勇気を出せずにいた。

しょっちゅうやって来るのに立ち読みするわけでもなく、いつも児童書の棚の前に立ってじっと背表紙を眺めているだけの小柄な男の子のことは、さすがにアらえるはずもない。

「どれが欲しいん？」ある日、ついに声をかけてきた。

とつぜん大学生のお姉さんから声をかけられた小学五年生が、まともに答えられるはずもない。

「あ、えーっと、あれ」

僕はただドギマギしながら、それまで何度も図書館で借りて繰り返し読んでいたシートンの『動物記』を指さした。本当はケストナーの『エミールと探偵たち』が欲しかった。あの本が自分のものだったら、ずっと返さなくてもよければ、どれほど楽しいだろう。けれども『エミール』では、お姉さんに子供っぽいと思われるような気がして、何度も読んでよく知っている『動物記』ならいいだろうと、中途半端にマセた小学生らしい見栄を張ったのだった。

「ふーん。そうなんやね。これは？」

お姉さんは僕の指を完全に無視して一冊の本を棚から抜き出した。

「これ、読んだことある？」

「ない」知らない本だった。

「おもしろいんよ、これ」

彼女が渡してくれた本は立派な函に入っていて、普通の本とは違う、何か特別な本のように思えた。

『ドリトル先生アフリカゆき』函にはそう書かれていた。お姉さんは函から本を取り出した。表紙には動物の線画と塗りつぶされた升目が市松模様になっている。

「ほら、このデザインきれいでしょ？」

確かにきれいな本だと思った。それまで僕は装丁を意識したことなどなかったから、彼女に言われて初めて本にはデザインがあることに気づいたのだった。

「あとこれね、翻訳が井伏鱒二なんよ」

イブセマスジが何なのかはわからなかったけれども、お姉さんはその本がとても好きなのだということだけは僕にもわかった。そして、とにかくこの本を僕に読ませたいのだなということもわかった。

「えっと、それください」

「ほんまに？」お姉さんの顔が嬉しそうになった。

「ぜったいおもしろいから」笑顔のままそう言う。

「はい」

小学生にとってけっして安くはない金額の本を、僕は言われるがまま買い、やがて僕は『ドリトル先生』のシリーズに夢中になった。なぜ彼女が僕にあれをすすめたのかは今でもわからないが、その見立てに間違いはなかった。彼女がいつその書店を辞めたのかはっきり覚えてはいないけれども、その後も何度かおすすめの本を教えてもらったことは覚えている。

きっと彼女は本好きの子供を増やしたかったのだろう。あなたのその目論見は、まんまと成功したよ。

「日販通信」二〇二〇年二月号

ただ一文

そろそろちゃんと宣伝をしなければいけないなと思っているのが、まもなく一月十六日ごろ配本になる新刊『だから僕は、ググらない。』で、本には一応の発売日はあるものの、全国の書店に届くのには時差があって、この日に発売ですよと明確に言い切れないところがあるから、十六日ごろに配本という曖昧な案内になっているのだが、それはともかく、この本はなんというか、版元はビジネス書・実用書を僕に期待して依頼して、僕だってそのつもりで書いたのだけれども、いざ読み返してみるとはたしてこれは本当に実用書なのだろうかとの疑問が首をもたげ、ではビジネス書なのだろうか、これがビジネス書なのであればいったいビジネスとは何なのか、ビジネスマンが誰なのか誰も知らない知られちゃいけないとの根源的な思考と歌の迷路に陥りかねず、何か役に立つことを求めてこの本を手にする人たちは、もしかすると一読して怒り出すかもしれないと思うくらいにどこか突き放している感じもあって、怒られたら嫌だなあとの不安が拭えないながらも、とはいえ僕が自分の思考過程を言葉に書き起こせばこんなふうになるいと自分では納得できる面もあるし、そもそも僕の書くものが役に立つわけないだろう、むしろ役に立ってたまるかとの思いもありつつ、責任は僕ではなく読む人にあって、読んだ人がここから何とか工夫して役に立つところを見つけ出せばいいし、見つけられなくてもいいという開き直りもあるから、この謎に満ちた本をどう宣伝すればいいのか自分でも今一つわからないところがあるのだけれども、とにかくこの書名をまずはヤフーでググってくださいとお願いするに留めておくが、ここまでを一文で書いたのは、映像でいうワンカットの長回しのように、ただ一文で書きたかっただけだからである。

「ｎｏｔｅ」二〇二〇年一月五日

☐誘ってもらえる

「誘ってもらえる」のってやっぱりすごい能力だよなあ。二十歳のころ、僕は自分が何をしたいのかもわからず、ただ、ここじゃないはずだと必死でもがいて、でも、何もできずにいた。

あのころ、よく深夜の繁華街を歩いた。その暗い光景を思い出す。

🐦他人の書いた作品を褒めてばかりいないで僕も自分の原稿をやらなきゃとは思うけどみんなすごくいいものを書いているので僕が書かなくてもみんなの作品を読めばそれでいいんじゃないかとときどき思うから僕は僕にしか書けないものを書くしかないもののだんだんそれが何か僕にもわからなくなっている。

🐦弊社の経営には、バイシクル・マネジメント方式を採用しております。

🐦海底二十マイル（浅め）

🐦僕に任せてくれたら、倍にして返しますよ。レターパックで現金を送ってください

🐦なにごとも、うまくやる方法は手探りで見つけていくしかないけど、できない理由、やらない理由っていくらでも考えつくし、ほら！　できないでしょ！　って言いたくなるよね。

🐦そんなことより知ってました？　ブロッコリーを日光に当てずに育てると、カリフラワーになるんですよ。

🐦「けっこうなわきまえで」

🐦浅生鴨を鍋で表すとしゃぶしゃぶ。気分屋。気分がノってる時は凄いけどノってないときはただのダメ人間。だいたいいつもノってない。豆乳鍋の人と惹かれ合う。

ロお手本を示すようなものを

二〇二〇東京大会の開会式は超シンプルなのがいいなあ。世界が愕然とするほどシンプルなやつ。世界よ、これが禅だ！　みたいなものを。究極のエコと省エネ。物量など無くても心は豊かになれるのだというお手本を示すようなものを。

かつては教師が竹刀を持っているのが日常でした。

仕事納まってたまるか！　おれは納めねぇぜ！

なんと！　御社も弊社でしたか！

なんだか今日は月曜日感がすごい。朝からずっと今日は月曜日だって感覚が抜けない。いつもはだいたい火曜日っぽいのに。

「カルカッタで食べたカレー、辛かった」は、ドイツ語のダジャレ。

次の同人誌には大川隆法の架空インタビュー記事を載せたい。

いわゆる「ゾーンに入った状態」というか、自分でも信じられないくらいものすごく集中できて、原稿用紙を数えたら一気に100枚近く書けていて、ひゃ〜、僕でもこんなことがあるんだな〜って驚いたところで目が覚めた。

愛の不時着、タイに9時着。

「旅に出られないから、ぜんぜん道に迷えない」って思ってたけど仕事場から自宅までの帰り道（徒歩15分）で迷った。

◘ゴジラに砂肝はあるのか

「ゴジラの肉は食えるのか?」今回のゴジラに関してはあまり語らぬようにしていますが、劇中、ゴジラの肉は食べられるのかどうか、焼肉コース何人前になるのかが僕の大きな関心ごとの一つでありました。

どうやら誰もその議論をしていないようですので、あえて問題提起させていただく所存でございます。あと、ゴジラに砂肝はあるのか?

猫に置き換える

ルールはいたって簡単だ。文章中の「な行」と「か行」をすべて「猫」に置き換える。たったそれだけのことだ。漢字の場合はひらいて、つまりひらがなにして、その中の「な行」と「か行」を「猫」に置き換える。じつに簡単なルールだ。そんなふうにして、あるニュースを猫に置き換えてみた。

文豪猫つ目草せ猫が猫いた代表て猫猫小説猫うち半数猫あたる十猫さ猫品猫ついて、自筆原猫う猫所在が猫猫猫んで猫猫猫猫っている猫とが分猫りました。調査をお猫猫った専門猫は、自筆原猫うはさ猫品猫成立猫程をたどる猫重猫資料だとして「猫猫がえ猫猫いも猫であり、大切猫受猫ついでい猫猫とが必要だ」として猫しています。

猫猫調査は猫つ目漱せ猫猫猫ん猫ゅうを続猫ている早稲田大が猫猫猫猫島猫猫ひ猫名誉猫ょう授がお猫猫いました。

漱せ猫猫自筆原猫うが今ど猫猫ほ猫んされている猫調べたと猫ろ、代表て猫猫猫十四猫小説猫うち半数猫あたる十猫で猫猫猫んで猫猫猫猫っている猫とが分猫りました。

猫猫うち「ぼっちゃん」は、漱せ猫猫作猫猫つ動を支援した俳人猫た猫浜猫ょ子を猫いして猫ん猫い者が原猫うを譲り受猫、ふ猫製もさ猫成されましたが、その猫ご、所有者が猫わる猫どして所在が分猫ら猫猫猫っていました。

おもしろい。

「猫猫猫んで猫猫猫猫っている猫」のあたりがすごく好き。

□どちらも正しくない

バリバラと24時間ＴＶの対決とかホントどうでもいい。ものごとには、いろいろなアプローチ方法がある。「いろいろある、いろいろな人がいる」ってことこそが多様性を考えるベースなのに、どうしてそこで「どちらが正しい」って話になるのか。どちらも正しいんだよ。そしてどちらも正しくないんだよ。

アジア的メンタリティ

ＳＴＡＰ細胞のことや佐村河内さんのことなどについて、替え歌をつくってネット上にアップしている動画などを最近ちょくちょく見かけることがあるんだけれども、そもそも剽窃だったり盗用だったり、あるいは著作権と著作権者のあり方なんかが大きな問題になっている出来事などについて、こういった替え歌（これ、著作権上は翻案権・同一性保持権の侵害になるからね）をネットにアップするのは、僕は（まあ、ナイーブすぎるのかも知れないんだけれども）、やっぱりどうなのかなあという思いがあるのでござるよ。

「面白いから勝手に替え歌をつくってアップしてもいい」っていう考え方は「結果さえよければ関係のないデータを流用したっていい」とか「他人の著作物を自分のものとして発表してもいい」っていう考え方と、表面的には大きく異なっているけれども、実は心根の底のほうでは同じことなんだと思っている。

それがアジア的メンタリティではあるんだけどさ。

◻メインワードは資本

好きならずっとやれるなんて言うバカ経営者もいるがあれはバカなので信じちゃいかんのだよ。

お前らはもちろんカレー好きだと思うが、だからと言ってずっと食べ続けることはできやしないだろう。

適度な隙間は必要だし、どれだけ好きなことでもやりすぎれば飽きるのだ。

飽きたらやめる。やめたらまたやりたくなるからやる。その繰り返しだ。

資本主義って言葉をまじめに考えたことがあるか？

この主義のメインワードは資本だぞ、資本。要するに元手だな。

元手のあるやつが、その元手を使って稼ぐという経済なんだよ。

元手のない俺たちは、奴らの駒でしかないのだ。

理想の駒はお金がかからず文句も言わず黙々と働く駒だ。

だから資本主義が行き着くところまで行くと奴隷制度に近づくのだ。
好きなら考える。もっとうまくいくやり方を。もっと楽しめる方法を。
好きだからこそ長くやらないで、適切なところで止められるのだ。

🐦胃カメラと大腸内視鏡を同時にやって、上からと下からで「こんにちは」ってやるのが夢です。長いカメラつくればいいのか！！

🐦ふはははは！　それに老眼が加わるのだよ！　若者よ！

🐦【おしらせ】ただいま全裸です。（これからお風呂）

🐦まちがえた。だれじゃ王だった。

🐦僕がどれほど冬を愛していたのかが、ようやく今わかった。

たぶん「ビートルズ」のダジャレ

食べるのだいすき

「そば」と「おそば」は別の食べ物。「うどん」と「おうどん」が別の食べ物であるのと同様に。

神のおぼしめし、おいしいですよね。大好きです。さいごにちょっとタレをかけるのが絶妙で。おぼし飯。

「カーネル・サンダースの肉はレッグがいちばんおいしいです。あの胸肉はちょっと……。チキンの話じゃないよ。カーネル・サンダースの肉の話だよ。ちなみにチキンもレッグがいちばん美味しいです」

まさかこの発言が大きな論争に発展し、のちの惑星大戦争へつながろうとは、このときのカーネル・サンダースには知る由もなかった。

ちくわぶは甘え。

いまからサッポロ一番をゆでるのって違法？

完食宣言／そばまさし

今日な、プチエクレア買うて来たんよ。ほんで今、冷蔵庫にプチエクレア入ってんねん。あれ、6個入りやん。もう、冷蔵庫にプチエクレアの6個入りがあるて思うだけで、わくわくするやん。いつ食べようかて思て、夕方からずっとわくわくしとんねん。なんせ6個入りやからな。

俺の、俺の、俺のおすしを食ぇ〜　コハダだけでもいい〜〜

d 「ラブレター」制作日誌

ひょんなことから

「ひょんなことから」ってのはわりと便利な言い回しだと思う。この「ひょん」が何なのかはよくわからないけれども、ともかく「ひょん」なのだから「ひょん」でいいだろう。

細かい経緯はさておき、その「ひょんなことから」幡野広志さんの本をなぜか僕が編集して、僕の所属する会社、ネコノスから刊行することになった。

すでにいろいろなところに少しずつ情報が出始めているはずのこの本のタイトルは『ラブレター』。幡野さんがウェブメディア「ｎｉｎａｒｕポッケ」で書き続けてきた連載をまとめた本だ。

最初にこの話をいただいて連載記事をあらためて読み直したあと、実は僕はしばらく悩んだ。連載原稿を単純にまとめて一冊の本にするのは簡単なことだ。でも、この連載はそんなふうに簡単にまとめていいのだろうか。最終的な形が、手に取りやすい本、読みやすい本になるのは構わないけれども、つくり手の僕は、いわゆる本づくりのフォーマットに乗せちゃだめなんじゃないのか、そんな気がしてならなかった。

僕と幡野さんとの関係は正直にいえばよくわからない。ときどき会って話すし、北海道だのネパールだのに一緒に行っているし、二人とも髭面だしデブだし、どちらもこの夏はダイエットに励むと公言しているし、わりと考え方なんかも近いんじゃないかと僕は勝手に思っているのだけれども、友だちなのかと言われると、よくわからない。そもそも僕には友だちが何なのかがわからないのだ。

でもたぶん単なる知人よりは、もう少しだけ考えていることや好き嫌いがわかっているような気はする。それを友だちと呼ぶのであれば友だちなのだろう。

わざわざ「友だち」って書くと、異様に恥ずかしいけれど。今ふっと頭に浮かんだ「仲間」くらいがちょうどいい言葉なのかも知れない。

それはともかく、その幡野さんの本を僕がつくることになって、どうせやるならほかではつくれない本にしようと思い、あれこれ考えたあげくデザイナーの吉田昌平さんに「この本は手紙だから、未来に向けた手紙にして欲しい。手紙を装丁の形に落とし込んで欲しい」というお願いをしたのだった。内容だけでなく、外側から見てもこれは手紙なんだなと感じられるものにしたいと思ったのだ。

さらに「今どきの手紙だから、横書きですよね」「今どきの手紙だから左開きですよね」そして「どこかに手書きの文字を入れてください」。

今思えば、かなり無茶苦茶な依頼だった思う。

しかし、さすがはデザイナー。次の打ち合わせで机に並べられたモックは、なんとちゃんと手紙になっていたのだった。表紙が封筒だったのだ。

表紙の片側だけが封筒っぽくなっている

いや、これを見せられたら封筒バージョンにするしかないだろうと僕は思った。「もうこのさいコストなんて関係ないのだ。手紙の本だから封筒、わかりやすい！　あたりまえじゃないか！　よし、これで行きましょう!!」と、隣で聞いているネコノスの社長が爆発しそうなことをたぶん言った気がする。

表紙の両方が封筒っぽくなっている

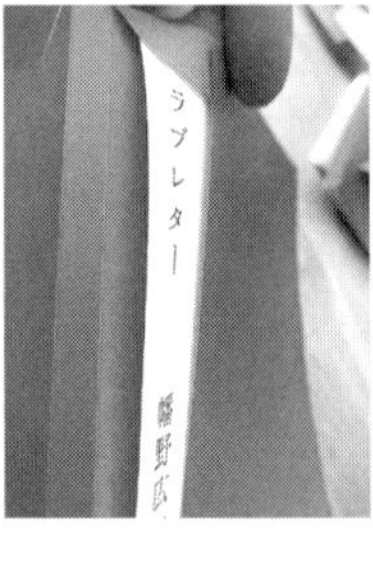

本当に封筒になっていて、紙を差し込むことができる

とはいえ、実際にこれがつくれるのかどうかはわからない。いくら僕たちがつくりたいと思っても、読者のみなさんがなんとかお求めいただける値段でつくれなければつくる意味が無いし、またしても膨大な在庫が倉庫に残るだけなのだ。（またしても、については『寅ちゃん』で検索してください）

そこで早速、変な本と言えばここしかない藤原印刷の通称「弟」藤原章次さんに僕は連絡をとった。「こんな本、つくれますか？」

藤原印刷とは以前から何か一緒にやりたいですねと話していて、この無茶苦茶な装丁の本こそ藤原印刷に相談すべきだと思ったのだ。

「現場に聞いて、やってみないとわかりません」と話を聞いた弟は言う。そりゃそうだ。こんな装丁、たぶん誰もやったことがないんだもん。

そうして待つこと数日。弟から「封筒バージョンは、機械がまったく使えないので、すべて手で製本することになりますが、それでよければできます」との返事が返ってきた。

「すべて手で製本……」なかなかのハードルである。いや、かなりのハードルである。それでもできることはわかって僕はちょっとだけ安心した。

ようし。だったら、この封筒バージョンと普通の書籍バージョンをつくって、封筒版が欲しい人からは事前に予約をいただき、その数だけつくればいいじゃないか。そう、以前につくった寅ちゃんと同じ「特装版方式」だ。小回りの利く小さな出版社だからこそできる必殺技だ。

そうはいっても、原価の高い本をつくるにはそれなりの覚悟と資金がいるので、僕は社長にお願いをした。

「断っていた広告の仕事もぜんぶ受けるし、自社から出す本の原稿も書き下ろすし、あれこれ渋っていた長編もぜんぶやるから！」

許可が出たので、まずは束見本をつくってもらうことにした。

束見本とは、実際に使用する紙を使ってつくるお試し版の見本のことだ。

僕たち制作チームは、これで厚みだとか手触りだとか、大きさの感触をつかむことができるし、印刷・製本チームもどのようにつくればいいのかがわかる。

特装版の束見本。美しい

藤原印刷から届いた束見本を見て、僕はかなり興奮した。

ああ、きれいだ！　なんてきれいなんだ！　しかもちゃんと封筒だ!!　こんなふうにつくれるのならやろう、やりましょうつくりましょう!!

封筒版ではない一般の書籍もフランス装という装丁になっていて、これはこれでとてもかわいいのですよ。フランス装だから内側が封筒っぽくなっているのでありますよ。ええ。

それにしても不思議な話です。「ひょんなことから」始まって、僕は封筒表紙の本をつくることになったわけですね。

通常バージョンは真っ白＋印刷加工を予定

表紙を内側に折り込むフランス装仕様

で、さらにです。

せっかく表紙が封筒になっているんだから、やっぱりここには、さらに楽しい仕掛けを入れたくなるじゃないですか。

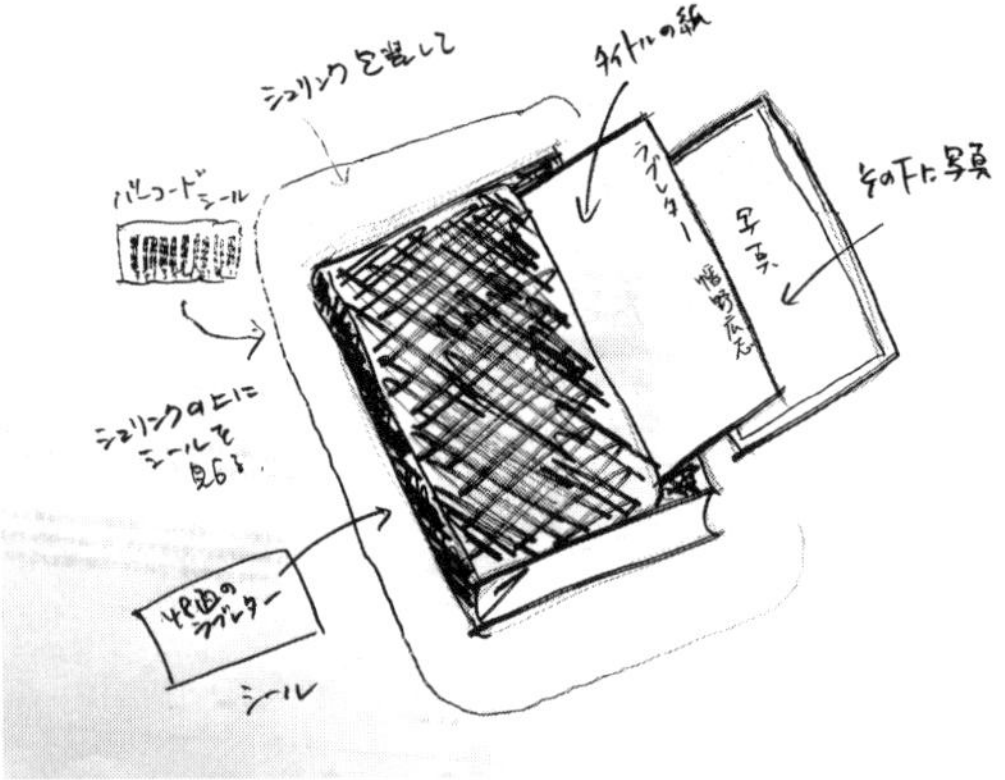

僕の描いた怪しげなスケッチ　開き方が逆になっている

幡野さんから出てきたアイディアは
「写真をいれたらどう？」
「いいです。それいいです！　写真をプリントして、表紙に封入しましょう。あ、せっかくだから、その写真一枚ずつにサイン入れてくださいね」

写真をプリントするのにいくらかかるだとか、封入するのにどれだけ手間がかかるのかだとか、そんなことはもうどうでもいい。とにかくおもしろ第一なのだ。やるのだああ!!

カバーは無し。バーコードも無し。いわゆる帯もなし。その代わりに本全体をポリ袋でシュリンクして、バーコードと帯をシールで貼ってしまおう。

吉田さんからのアイディアとみんなの意見と僕の考えをまぜこぜにしたら、こんな感じになったのだ。

あとはこの本を欲しいと言ってくださる方がどのくらいいるのかを見極めなければならない。なにせ、ぜんぶ手でつくるからそれなりに制作費が必要だし、なによりも製本にけっこう時間がかかるので気軽に増刷はできないのだ。もしもたくさん注文をいただいてしまうと、場合によっては納品が数ヵ月後なんてことさえ起きかねない。まるで自動車みたいなのである。

そこで特別版は初回限定にして、早めに注文してくださった数だけを確実につくる。最終的にそんなやりかたで進めることになった。

もちろんこれは封筒表紙の特別版の話で、一般のフランス装バージョンは初回限定ではなく全国の書店でお求めいただけるようになっている。

ここに無理やり話を割り込ませておくが、ちなみに『寅ちゃん』の通常版（といっても普通に考えたらこれが特装版で「寅ちゃん特装版」が「異常版」だったとも言える）も、ちゃんと全国の書店でお求めいただけるようになっている。

さて、ここに来てさらに吉田さんから新しいアイディアが出てきた。

「封筒版に差し込む紙なんですけどね、今はタイトルと著者名だけじゃないですか。でも、せっかくならこの紙を引き出したときに……」

「おお、なるほど！」

「それはいいかも!!」

吉田さんの発想に僕たちはさらに興奮したのだった。

で、今は最終的な仕上げに向けて、幡野さんをはじめ、関係各位にいろいろなお願いをしているところだ。これで仕様が完全に固まれば、あとは印刷と製本、そして僕たちがタイトルの紙や写真を封入に行く流れになる。

さあ、来月早々には、初回限定・封筒装丁版と通常のフランス装版をそれぞれ何部ずつ刷るかを決めなければならない。本をつくるときって、実はこれが一番難しい問題かもしれない。多すぎてもダメ、少なすぎてもダメ。経験の浅い新米弱小出版社が最も苦手とする局面である。

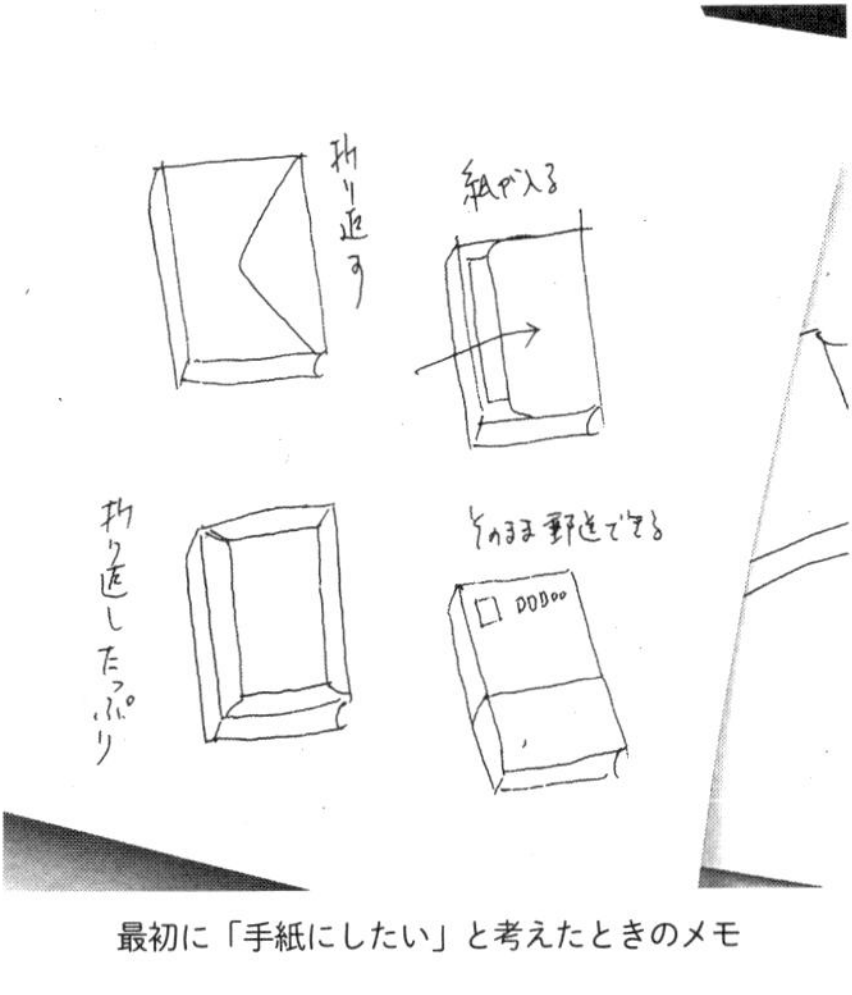

最初に「手紙にしたい」と考えたときのメモ

そんなわけで、もしもこの本にご興味があるようならば、初回限定・特別装丁版か、通常フランス装版を早めにご予約いただけるとありがたい。それを見ながら僕は印刷部数を決めようと思っているのです。

どうかよろしくお願いします。

幡野広志『ラブレター』制作中

先だって、幡野さんの本をつくることになった話をここに書いた。

もちろんあれ以降、封筒型の特別装丁とフランス装丁の二種類の制作が淡々と進んでいる。

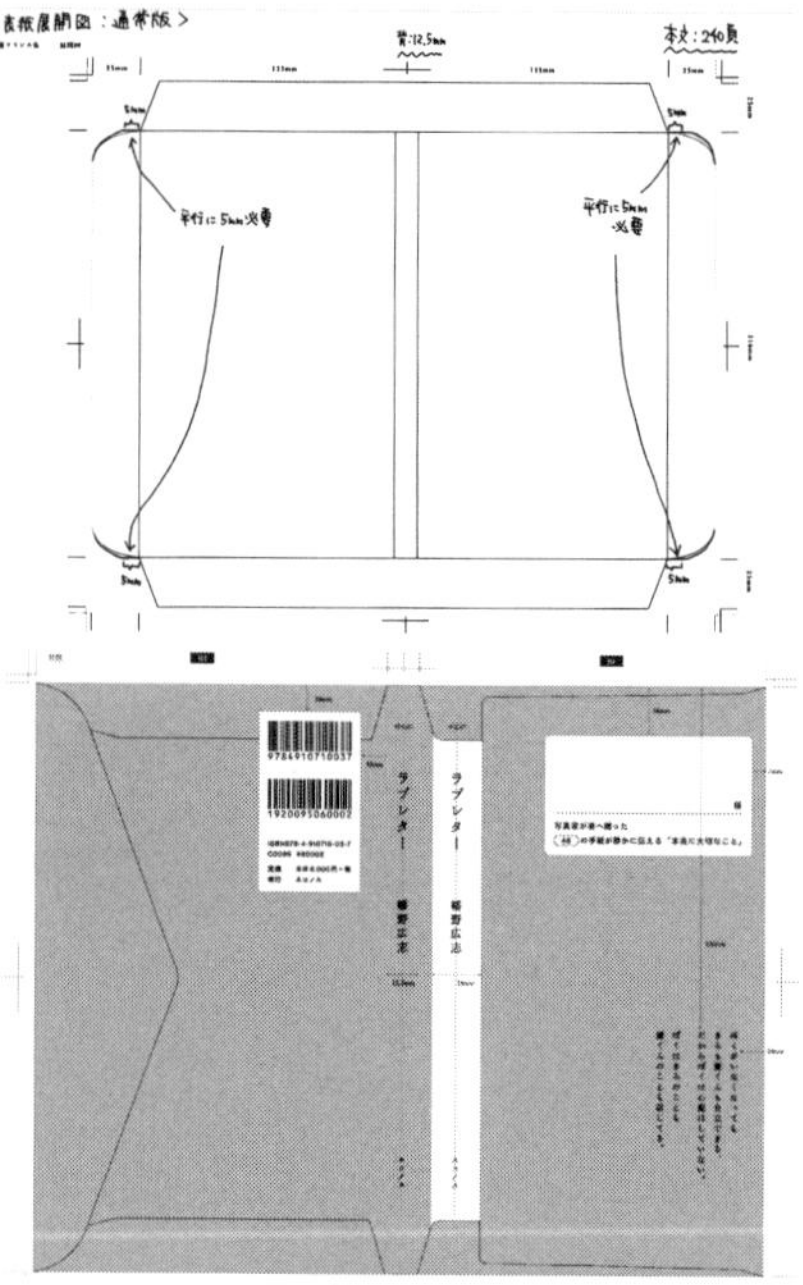

表紙の展開図

フランス装はほかの書籍でもときおり見かける装丁だから、製本所としても慣れているしそれほど大変なことにはならない。

一方で、封筒表紙版は、一枚の大きな紙を折ったときに、ちゃんと封筒の形になっていて、しかも表紙にもならなければいけないから、紙のどこを山折りにしてどこを谷折りにするかを展開図にする必要がある。折る前の紙もトムソンで抜いて、正確な形をつくっておく必要がある。

トムソン型

　トムソンとは、刃を並べたり曲げたりして紙をきれいに切り抜くための型のことだ。練ったタネを動物の形にくり抜くクッキーの型を思い浮かべてもらえばいいかもしれない。パッケージのダンボールなんかもトムソンで抜いてあの複雑な形をつくっているのだ。

ちょいと話は脱線するが、トムソン型は本当はトムソン型ではないのである。

かつて日本の印刷工場に輸入された型抜き加工機がトムソン社のものだったからトムソンと呼ばれるようになっただけで、もっと細かい話をするとビクトリア打抜機を輸入した工場の多かった東日本ではビク抜き、ビク型と呼ばれているらしい。

ともかく今、そのトムソン型というかビク型というか、その抜き型と、紙を折るための展開図をデザイナーと印刷会社がつくっている。今回の僕はデザイナーやアートディレクターの立場ではなく編集者だから、この手の作業にはいっさい手を出さず、気鋭のデザイナー吉田さんと、変態印刷会社藤原印刷にお任せしている。

まもなく最終版の束見本が上がってくるはずだ。任せているぶん具体的なイメージが僕の頭にはないから、かえってできあがりが楽しみになる。

表紙のデザインについては吉田さんと藤原印刷にお任せしているが、本の中身は僕がやらねばならない。吉田さんからのアイデアと僕の考えを混ぜて、各章のタイトルは幡野さんの手書きにしよう、あとがきも手書きで書いてもらおうなんて話で大いに盛り上がる。もちろん手書きにしようぜと盛り上がるのはいいのだけれども、書くのは幡野さんで、それをお願いするのは僕の役目だ。

『ラブレター』は、これまでの連載記事をまとめる本だから、幡野さん自身にはそれほど負担がかからないはずだったのだけれども、写真をセレクトしてもらったり、あれこれと手書きしてもらったりと、けっこうな無理をお願いしている。どうやら装丁を凝るだけでは僕の気がすまなかったみたいです。幡野さん、すみません。

さて、最初に原稿が整った段階から、校正・校閲は牟田都子さんにお願いしようと決めていた。お仕事の細やかさだけでなく、普段から書かれているものなどから、たぶん幡野さんの今回の文章とは相性がいいだろうと思ったのだ。お忙しいのは承知でお願いしたところ、快くお引き受けくださった。ざっと僕が手を入れただけの原稿をお渡しすると、本当に丁寧に鉛筆を入れて戻してくださった。

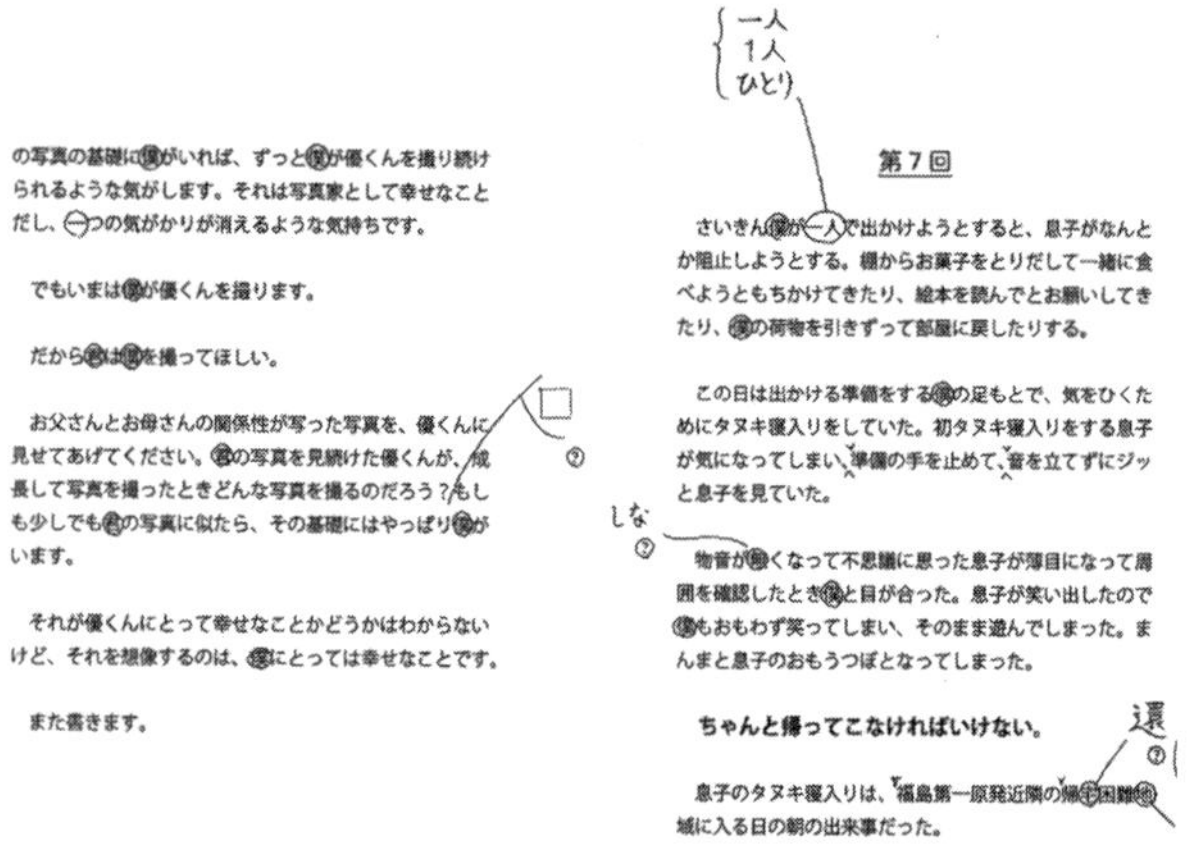

の写真の基礎に僕がいれば、ずっと僕が優くんを撮り続けられるような気がします。それは写真家として幸せなことだし、一つの気がかりが消えるような気持ちです。

でもいまは僕が優くんを撮ります。

だから君は僕を撮ってほしい。

お父さんとお母さんの関係性が写った写真を、優くんに見せてあげてください。君の写真を見続けた優くんが、成長して写真を撮ったときどんな写真を撮るのだろう？もしも少しでも君の写真に似たら、その基礎にはやっぱり僕がいます。

それが優くんにとって幸せなことかどうかはわからないけど、それを想像するのは、僕にとっては幸せなことです。

また書きます。

第7回

さいきん僕が一人で出かけようとすると、息子がなんとか阻止しようとする。棚からお菓子をとりだして一緒に食べようともちかけてきたり、絵本を読んでとお願いしてきたり、僕の荷物を引きずって部屋に戻したりする。

この日は出かける準備をする僕の足もとで、気をひくためにタヌキ寝入りをしていた。初タヌキ寝入りをする息子が気になってしまい、準備の手を止めて、音を立てずにジッと息子を見ていた。

物音が無くなって不思議に思った息子が薄目になって周囲を確認したとき僕と目が合った。息子が笑い出したので僕もおもわず笑ってしまい、そのまま遊んでしまった。まんまと息子のおもうつぼとなってしまった。

ちゃんと帰ってこなければいけない。

息子のタヌキ寝入りは、福島第一原発近隣の帰宅困難地域に入る日の朝の出来事だった。

牟田さんから戻ってきた校正紙

「こんなに細かく見てくださったんですか！」と、幡野さんからも驚きと喜びの混じった声が上がる。さすがは牟田さんだなあ。鉛筆の入れ方がただ的確なだけではなくて、幡野さんの考え方や思考に沿った雰囲気での鉛筆だから、原稿がどんどんよくなっていくのだ。

牟田さんからの指摘を一つずつ考えながら幡野さんの直した原稿を、こんどは吉田さんに渡す。

原稿の分量がほとんど確定したので、ここで僕はどのページに何が入るかの設計図、台割りをつくりなおした。

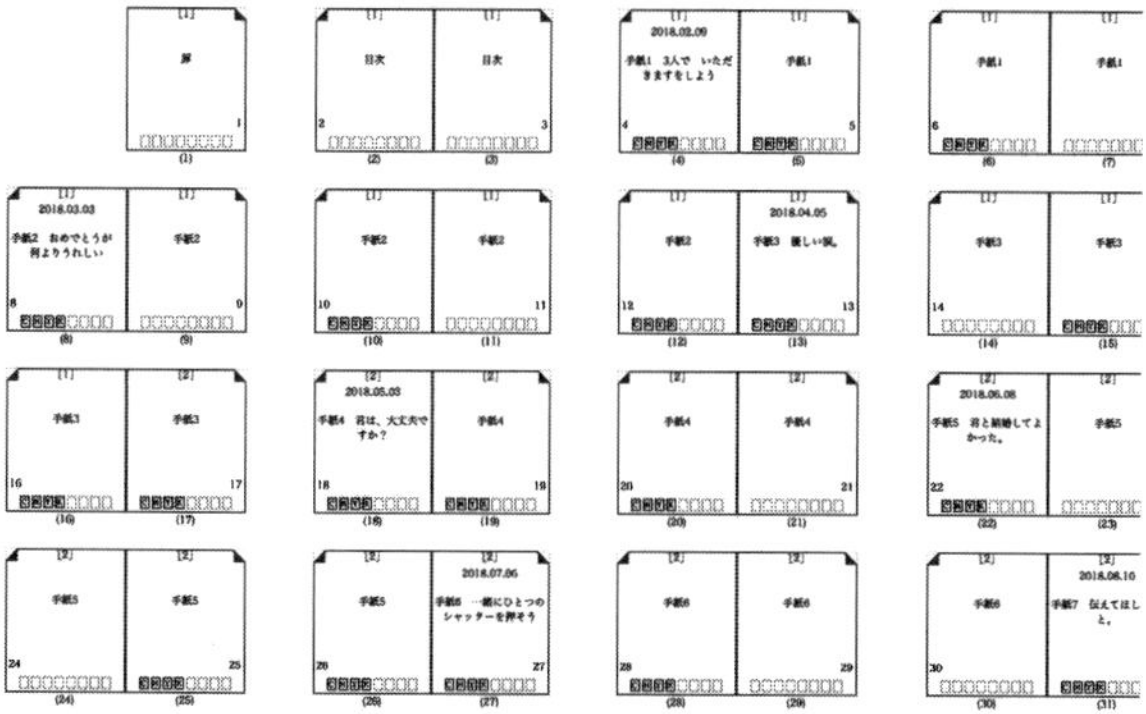

本の設計図・台割り

「二四〇ページで決まりですね」

「原稿には細かく手を入れたので、もしかすると一～二ページほど余裕が出るかも知れません。そこは遊び紙にしましょう」

「それなら、優くんの写真をいれましょう」

そんなやりとりをしたか、しなかったか、あまり覚えていないけれども、ともかく本文のデザインもいよいよこれで完成する。

だがしかし、ここで甘えてはならないのだ。僕はデザインができあがった状態の原稿にさらに若干の手を加えたあと、再び牟田さんにお送りした。

「二度目の校正をお願いします」

「はい」

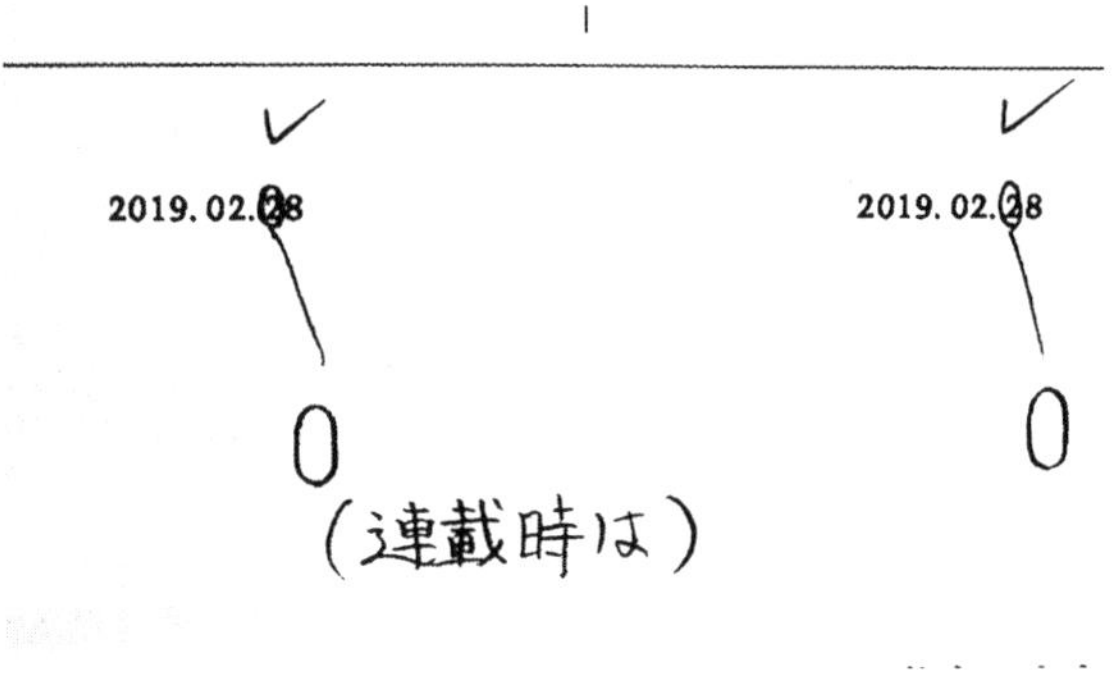

痛恨のミス。見つけてくださってよかった

またしても快くお引き受けくださった牟田さんから、やがて二度目の校正が戻ってきた。

「柱の日付ですが、連載時の日付はこうなっていましたよ」

「！！！！」

あんなに何度も見直しているのに、どうして気づけないのだろうか僕は情けない……。見つけていただいて本当に助かりました。

こうしてついに中身も完成した。あとはデザイナー吉田さんが最終的な調整を施して、藤原印刷に送り込むだけである。送り込んだら、あとは印刷が始まるだけである。本になっていくだけである。もちろんその前に束見本やら校正刷りやらが届いて、最終チェックは

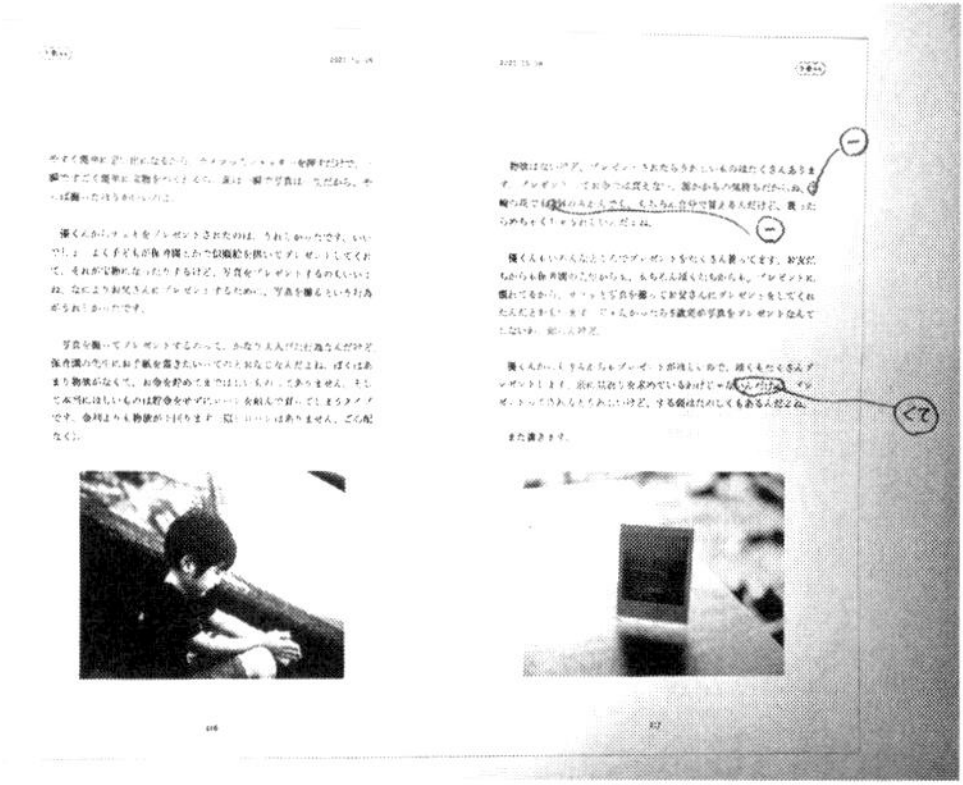

本文原稿もすべて直して、いよいよ印刷へ

するのだけれども、ともかくこちらの作業はほとんど終了なのだ。

だが、しかし。だが、しかしなのである。実は、何部印刷をするのか、僕はまだ決め切れていないのだ。たくさん刷りすぎると大変なことになるし、少なければ欲しい人の手元に届かない。本当に難しいのだ。

なのでみなさん、もしもこの本にご興味があるようでしたら、ご予約をお願いします。

その数を考慮して、印刷する部数を決めようと思っています。

印刷所へ行ってきた

着々と進む幡野広志さんの新作『ラブレター』の制作である。

表紙のデザインも紙選びも確定し、展開図もできあがったところで、ホッとしていたのだけれども、実は展開図で僕たちは密かにミスをしていた。

このミスにふと気づいたのは〝どんでもない印刷ならお任せ〟の藤原印刷の通称「弟」藤原章次さんである。とんでもないけど、ちゃんと気づくところには気づいてくれるのだ。

「これって文字を隠すんでしたっけ?」

ふと気づいてくれたものの、弟の質問はやっぱりとんでもなかった。さすがは藤原印刷である。聞き方がおかしいのだ。

「いやいや、隠しませんよ! そんな変なことするわけないでしょ!」と言ってみたけれども、藤原印刷ならそんな変なことだってやりかねない。

上の写真が封筒表紙版の展開図なんだけれども、これを見るとわかるように、紙を折り返してポケットをつくると印刷した文字が隠れてしまうのだ。折り返したときにちゃんと文字が正面に来るようにするためには、下の絵のように裏側に印刷しておかなければならないのだ。いやまあ、隠し文字にするという粋な造本もありなんだけど、これはデザイナーの意図とは違うので、やっぱりちゃんと折り返した状態で文字が見えるようになっていなきゃならない。

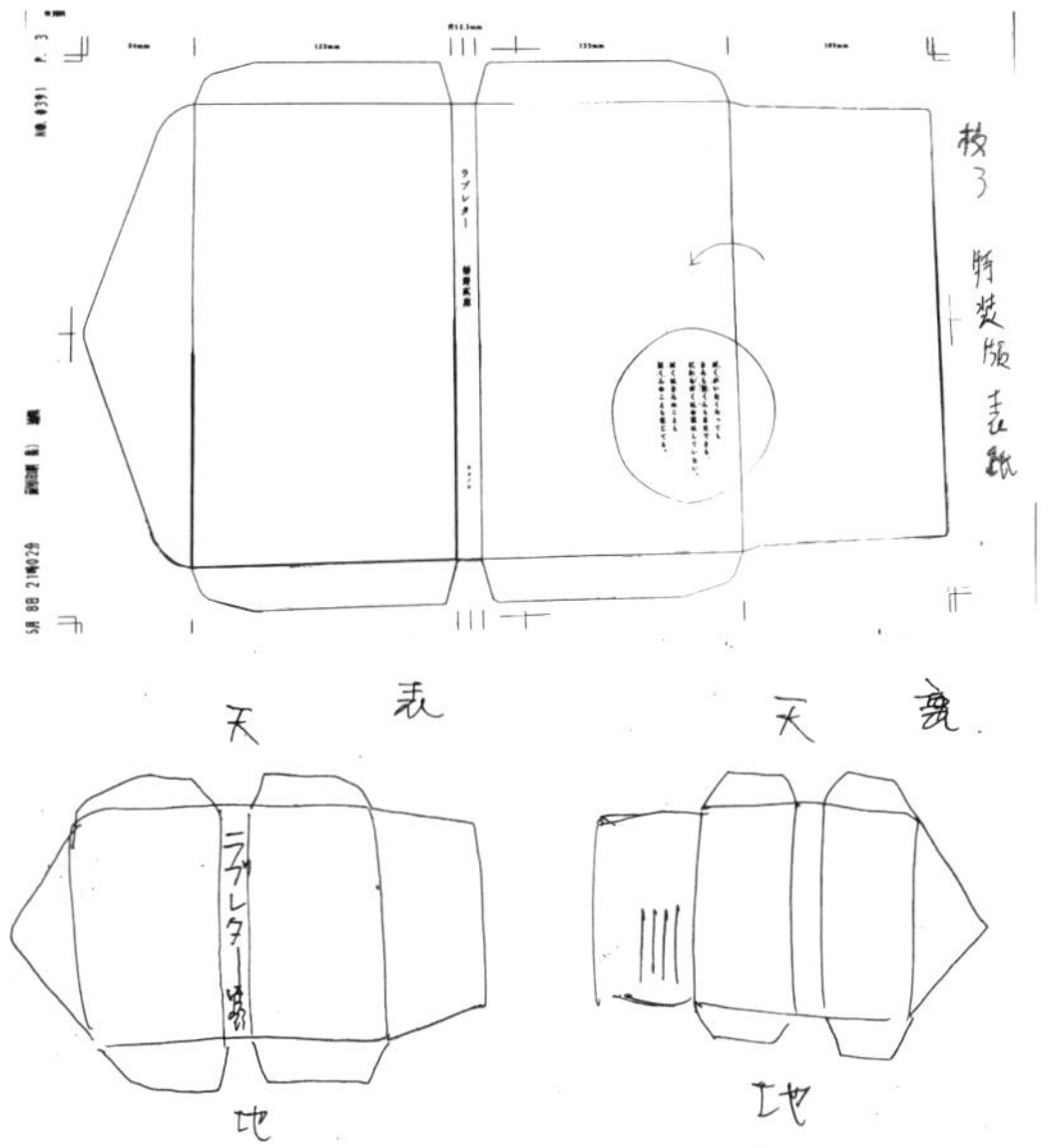

経験があれば、どこかで誰かが気づくのだろうけれども、今まで誰もやったこ

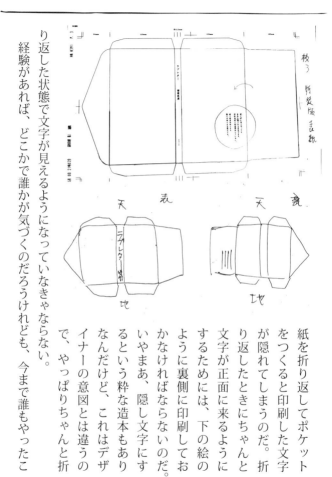

とのない前代未聞の造本だから、いろいろとほかにも気を取られることが多くて、気づけずにいたのだ。よくぞ気づいてくれたよ、弟よ。

さて、もともと僕は表紙のタイトルなどは印刷＋型押し、もしくは箔押しにすることを想定していた。要するに、文字の部分がちょっと凹んでいる感じだ。これはもうあくまでも僕のイメージでしかないんだけれども、旅先のホテルから手紙を出すときに、ホテルの部屋に備え付けのボールペンで重ねた便箋に文字を書くと、下の紙に少しだけ凹みができるじゃないですか。あの感じが出ればいいなと思っていたのである。もちろん本は印刷してつくるものだから、手書きの手紙とはまるで違うのだけれども、少しでも手触り感や手書きの風合いをつけて、未来への、あるいは誰かへの手紙にしたいと考えていた。

ところがである。

ここに来て、気鋭のデザイナー吉田さんから「表紙は活版印刷にしたいんですけど、どうでしょう？」と次なるアイデアが提起されたのだった。

活版印刷とは、誤解を恐れず簡単に言うとハンコである。亜鉛板でハンコをつくり、インクを乗せてグイッと押しつけていくので、これは凹む。しかも結構な力をかけて押し込むので、わりと凹む。

「箔押しだと細かい文字が潰れてしまうし、今回の本は箔による光沢感を出す雰囲気でもないから活版がいいと思うんですよね」吉田さんは言う。

「なるほど活版印刷か。繊細な線が出せるから、幡野さんが今回書かれている文章の微妙な心象とはかなりマッチしますね」

「ですです」

「でもこれ、活版印刷じゃなくて普通のオフセット印刷をしたところに型押しするってのじゃダメですか？」

「それだとコンマ数ミリ以下で版がずれる可能性があるので、細かい文字だと変になることがあると思うんです」

「ふむ。たしかに」

ただし問題がいくつかあった。活版印刷をするには、まず版を、つまり亜鉛板のハンコをつくる必要があるのだが、これがそこそこ高いのだ。さらに活版で印刷できる印刷会社はあまり多くない上に、今やほとんどの会社では一枚ずつ手動で印刷しているから、それほど大量に刷るわけではないにしても、やっぱり時間がかかるのだ。納期に間に合わせようとすれば、機械で活版印刷のできる会社に依頼するしかないが、これはもう絶滅危惧種に近い。

「機械で活版印刷のできる会社を一社だけ知っています。すぐにスケジュールと見積りを確認します！」弟はそう言って、すばやく連絡を取り始めた。

「う～む」藤原印刷から届いた見積りを見て、僕は唸った。

「う～～～む」僕の隣で、社長がもっと大きな声で唸った。

「でもほら、普通にオフセット印刷したものに型押し加工することを考えれば、あまり変わらないよね？」

「変わらない……だと？」社長の眉間に皺が寄る。

「いや、あの、だから、ちょっとしか変わらないって意味で」

「じゃあ、この活版代は？　封筒表紙版とフランス装版、それに封筒表紙版は表と裏で別の活版が要るわけでしょ？」

「まあ、そこだけはけっこうかかるんだけど」

「う〜〜〜む」社長は再び唸った。

「断っていた広告の仕事もぜんぶ受けるし、自社から出す本の原稿も書き下ろすし、あれこれ渋っていた長編もぜんぶやるから！」

「ちょっと待て！　それ、この間も言ったやつでしょ!!」


そんなやりとりを経て、最終的に活版で行こうということになった。なったというか、活版で行くことにしたのだ。さらに、せっかくなので印刷するところも見学させていただくことになった。

僕たちが訪れたのは浅草。食器の街、かっぱ橋商店街からほど近いところにある小さな印刷会社である。親子二人だけで切り盛りしているこの会社で『ラブレター』の表紙を印刷してもらうのだ。

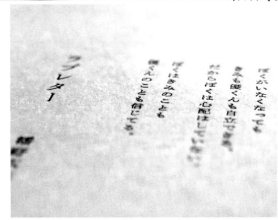

フランス装版も表紙は活版印刷

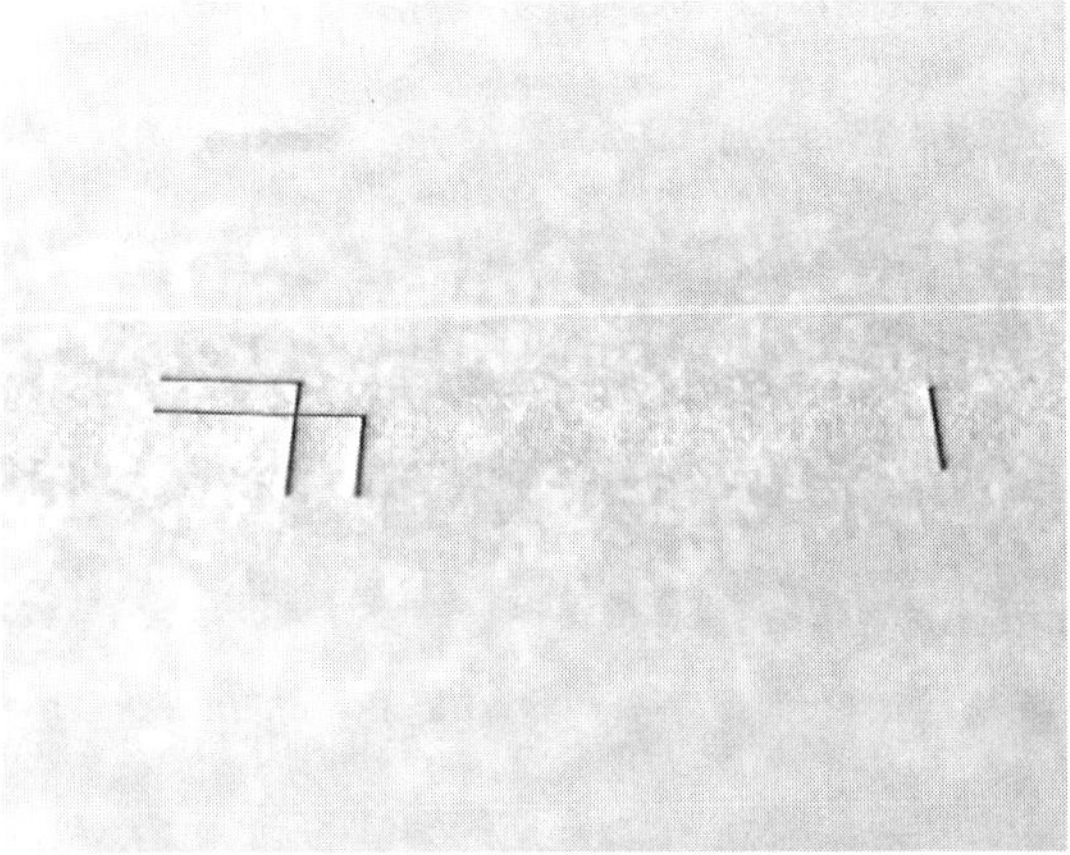

位置合わせのためのトンボも活版で印刷　凹んでます

ああ、やっぱりきれいだよ、活版印刷。凹んでるよ活版印刷。オフセットでの印刷が無いので、位置合わせのためのトンボもぜんぶ活版で刷るのだ。

ところで「表紙を印刷してもらう」、この言葉を見て、賢明な読者のみなさんは既に気づいていることであろう。そう、ついに僕は印刷部数を決めたのである。あたりまえだが、部数が決まらなければ、印刷の発注はできないし、紙だって確保できないのだ。

フランス装版はいわゆる普通の本づくりの工程なので、もしもこの本が大ヒットすれば増刷することも可能だ。けれども封筒表紙仕様はコストの問題もあって増刷することができない。今までにご予約いただいた数と、「ほぼ日曜日」や、一部の協力書店で販売してもらえそうな数を足した上に、もう少しだけご予約をいただけそうな数を見極めて部数を決定した。

もう決まっちゃったので、これ以上はつくれないし、つくらない。なので、封筒表紙版に関しては、いまサイトで募集している予約の数が予定の部数に達したところで終了する。たぶんあと三十部くらいなので、ご興味のある方はお早めに。

表と裏を合わせたい

先日の表紙印刷に続いて、封筒表紙バージョンの印刷にも立ち会ってきた。刷ってくださるのは、前回と同じく浅草の裏通りにある日光堂である。

前回　大活躍してくれた印刷機に
特装版用の紙がセットされている

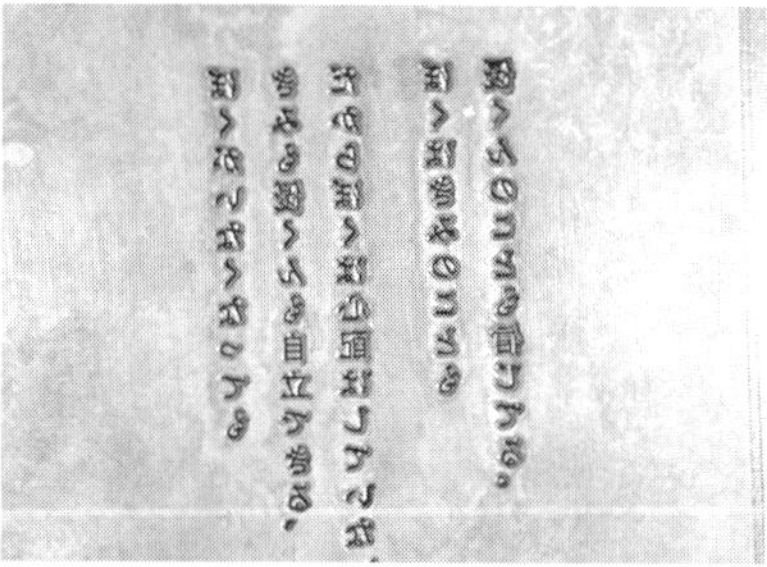

紙の凹み具合やインキの乗りかたなどを細かく調整しながら、いよいよこれでOKとなれば、あとは機械にお任せである。昭和の印刷機がどんどん刷っていく。

さて、今回の封筒仕様バージョンでは、

フランス装版とはちがう活版が使われているのだけれども、それには理由がある。以前どこかにも書いたが、封筒仕様バージョンは型抜きした紙を折って表紙をつくるので、ちょうど折り返したところに印刷されている必要がある。

つまり、裏にも刷っておかなければならないから、表用の活版と裏用の活版の二つの版が必要になるのだ。

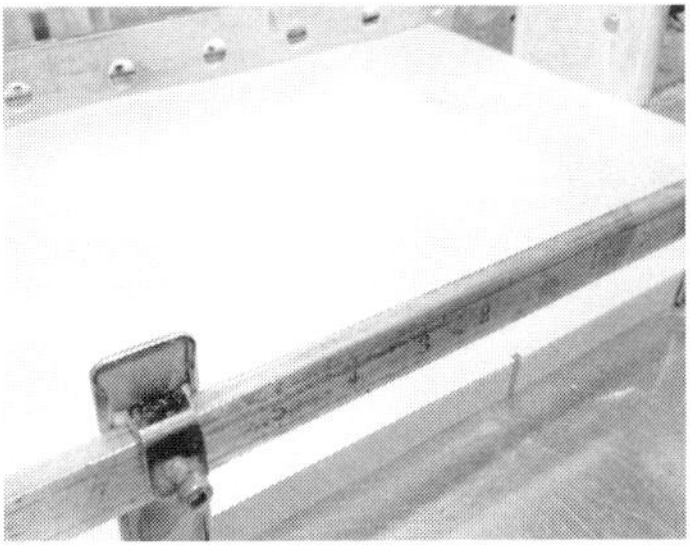

どんどん刷られていく

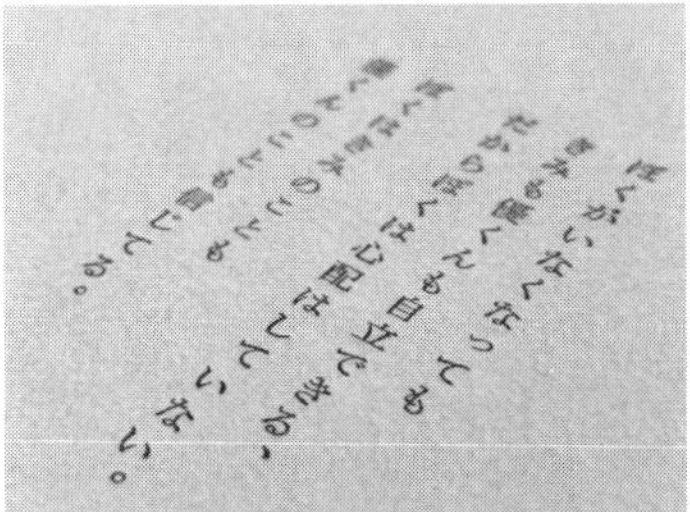

独特の美しい風合いである

いや、もう一つ。封筒に差し込まれる紙にも活版でタイトルと著者名を印刷する予定だから、実は三版必要なのである。

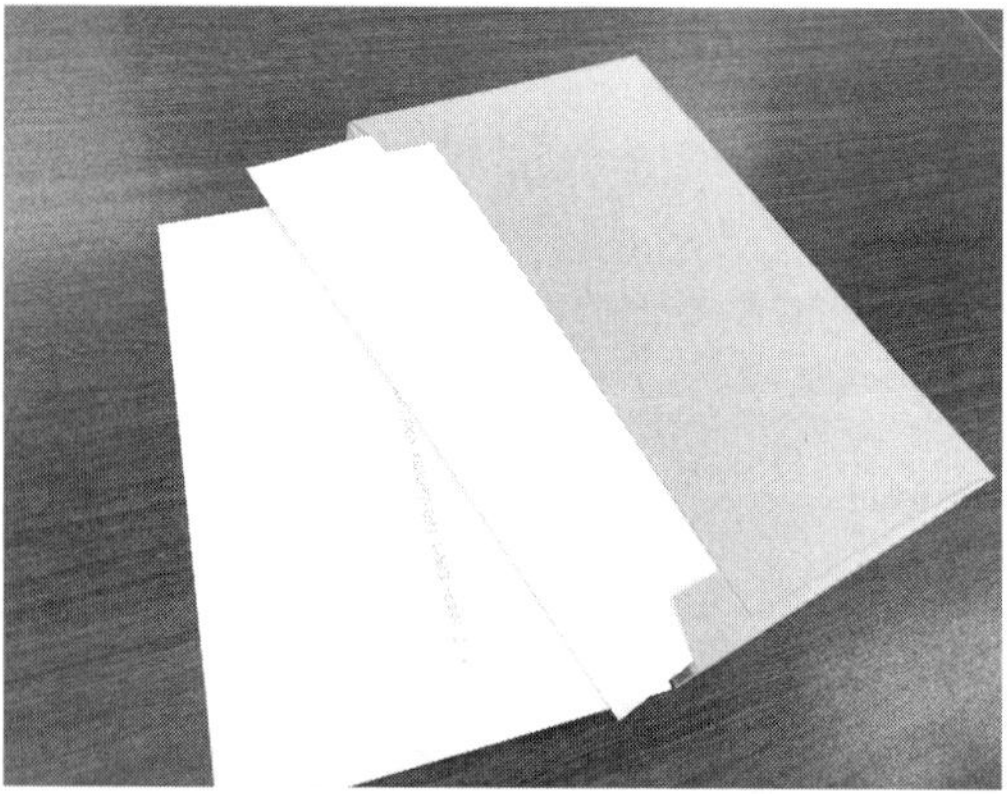

タイトルと著者名の印刷された紙と、幡野さんによるオリジナル・プリントが封筒部分に差し込まれます。実はほかにもまだ仕掛けが。

それなりに部数はあるものの、さすがは都内にもわずかしか残っていない機械活版である。一時間ほどで、風合いのある表紙が刷り上がる。早い。

さあ、こうして表紙の裏面を刷り終えたところで、今度は版を変えて表面を刷るのだけれども、これがなかなかの難題だと判明したのだ。

表と裏、紙の両面を活版で印刷するのである。しかもただ印刷すればいいのではなく、最終的にはこれを型抜きして、さらに折って、ぴったりと封筒

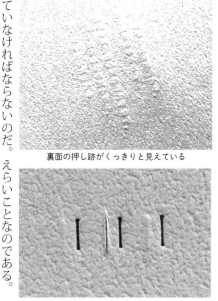

裏面の押し跡がくっきりと見えている

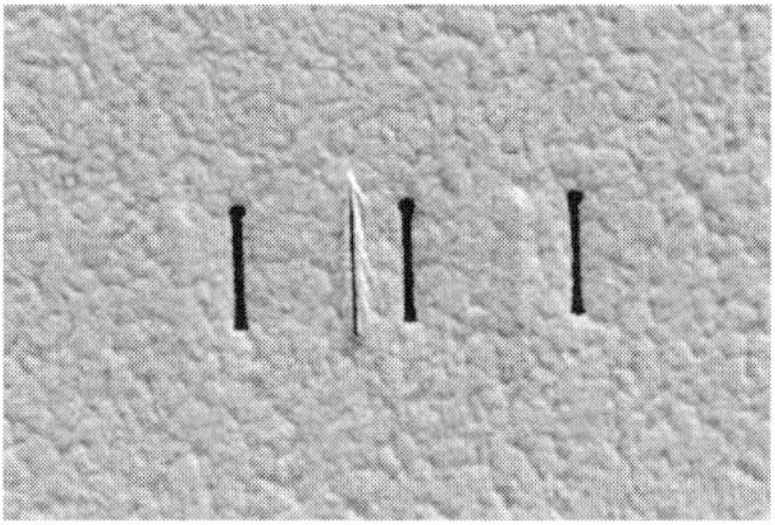

表と裏でトンボの位置が微妙にずれている

型の表紙にしなければならないのだ。わずかでもずれがあると、折ったときにおかしなことになってしまう。

通常の印刷なら表と裏がそこまで厳密にそろっていなくても大丈夫だが、今回に限って言えば、完璧にそろっていなければならないのだ。えらいことなのである。

試しに刷ってみるが、表と裏とでトンボの位置が微妙にずれている。少しずつ位置を微調整していくが、なかなかぴったりにはならない。微妙なのだ。とにかく微妙なのだ。それでも、ここは何としてでも表と裏をぴったり合わせたい。

ここから先はもうコンマ一ミリ以下、ミクロ単位での微調整である。しかもすべては人間の手と目で行う微調整なのだ。

僕は何か言うとしても、せいぜい「あ、だんだんぴったりになってきましたね」くらいのことしか言えないので、ただ黙って見ているのみである。

それでも試行錯誤しているうちにだんだんと表裏の位置が合ってくる。うまく言えないけれども、とにかくその微妙さが見事なのだ。

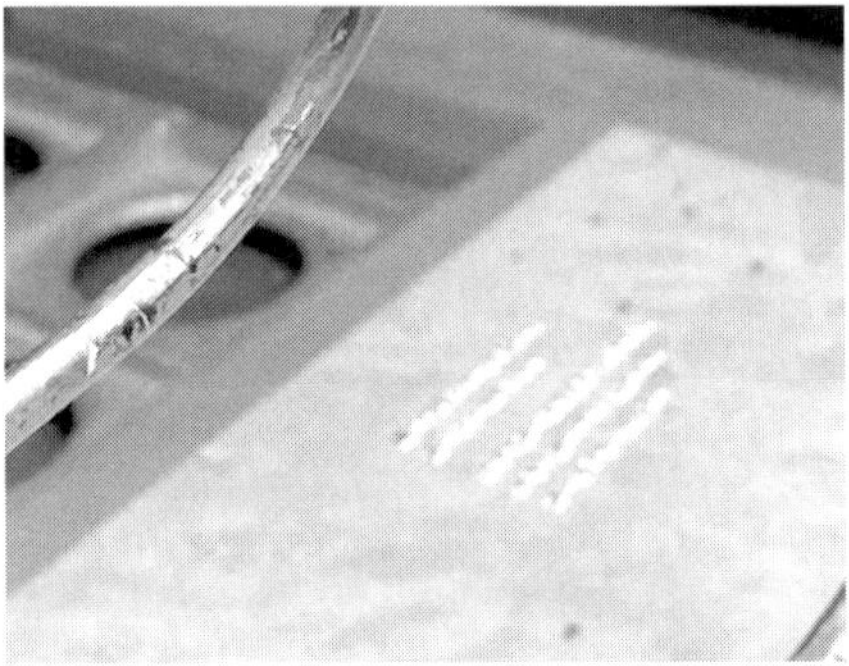

「これで、どうでしょう？」

「いいと思います。トンボの表裏、ほぼ一致していますね。大丈夫かと」

「それじゃ、これでいきましょうか」

「はい」

なんて会話をしているところに、突如、大ベテランのお母さんが緊急参入してきた。

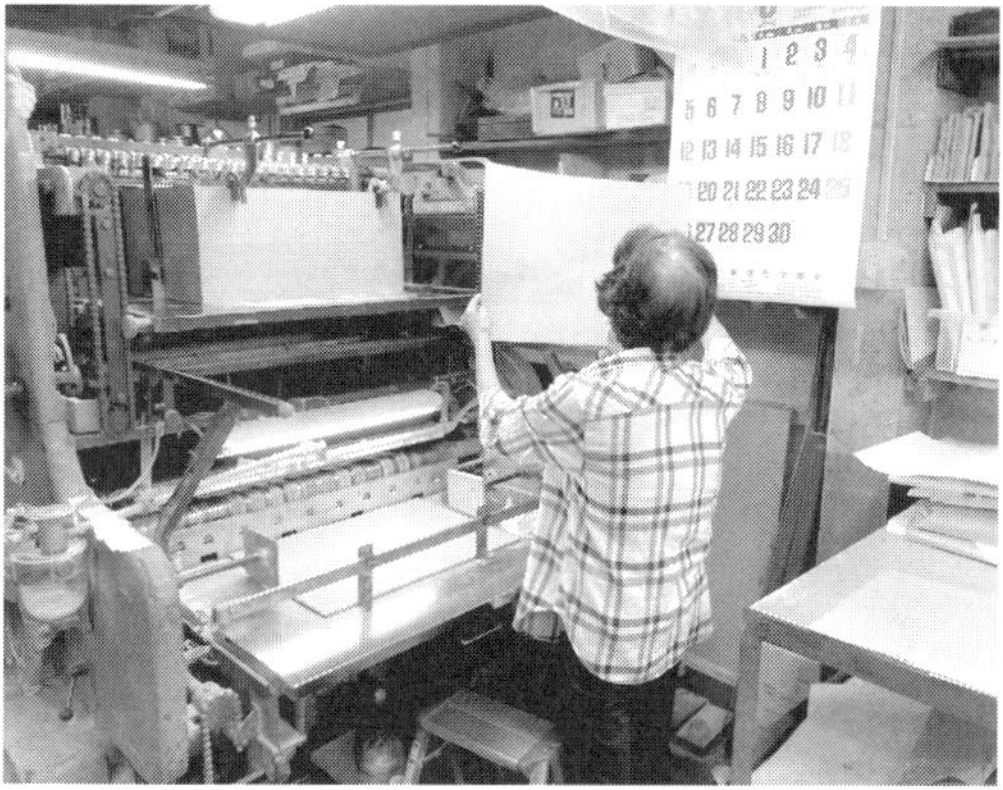

大ベテランのお母さんが厳しくチェックを開始

微調整を繰り返す

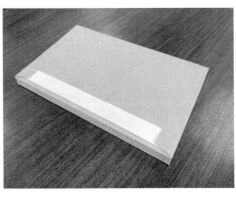

「これね、もうちょっとだけ針をいれなさい」

印刷された紙の表裏を見て指示を出すお母さん。いったい針とは何なのか、針を入れるとはどういうことなのか。

僕にはさっぱりわからないが、もちろん息子にはわかる。

そうして刷り出された紙を確認する僕たち。

「おおおお、完璧だ。表裏のトンボを触っても凹みがわからない!!」

僕は思わず声を出した。表と裏の活版がぴったりの位置で互いに押し合った結果、両方の凹みが完全に消えたのである。

それまでだって充分に一致していたのだけれども、さらにそれ以上に一致したのだ。いやあ、お母さん、すごすぎます。さすがは大ベテランです。ありがとうございます。

裏と表の両面を活版で刷った表紙は、このあと製本所で型抜きされ、一枚ずつ手で折られることになる。いよいよ本の形になっていくのだ。

けれども、その前に僕にはもう一つ重要な仕事があった。本文の印刷チェックである。表紙ばかりに気を取られているわけにはいかないのだ。

本文の印刷は長野県松本市にある藤原印刷の工場で行われる。

僕は長野へ向かうことにした。

何も言うことがない

さて、長野へ行ってきた。もちろん訪問したのは松本市にある〝わけのわからない印刷ならお任せ〟の藤原印刷。目的は印刷の立ち会いである。

ふだん、僕が本をつくるときには印刷所から届いた校正刷りをチェックして、修正箇所があればお伝えし、あとはお任せすることが多いのだけれども、今回の『ラブレター』は、なにせ写真がたっぷりと入っている本だし、しかもそのたっぷり入っているのは単なる写真ではなく、写真家・幡野広志による写真だから、微妙な色の出具合を最後までちゃんと自分で確かめておきたかったのだ。

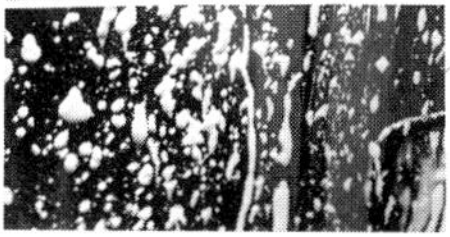

こういう場合、写真家本人やデザイナーが印刷に立ち会うことが多いのだけれども、気鋭のデザイナー吉田さんは「少し気になったところに赤を入れておきました」とだけ言い残して校正刷りを戻し、当の写真家・幡野広志は「うん、いいと思います。吉田さんが気になるところを直してもらえればそれで大丈夫です」と断言するしで、これはやはり僕が行かねばと思ったしだいなのである。あと、ちょっと長野へ行きたかったってのもある。

ところが、この日はテレビ番組の収録があって、なんとしてでも夕方には都内へ戻っていなければならないスケジュール。

午前七時のあずさ一号で旅立ち、あずさ三〇号で戻ってくるのだ。弾丸出張っ

あずさかどうかわからないけど、
とりあえず電車がいたから撮った写真

てやつだ。前日も遅かったので、新宿駅から松本駅までの三時間弱、僕は爆睡した。発車前にはもう寝ていて、終点で車掌さんに起こされたので、ほとんどワープのようなものである。

さあ、着いたぞ藤原印刷。抗原検査もＰＣＲ検査も前日にばっちり済ませて陰性だし、問題なし、なのである。

実は、ここへ来るのは二回目で、前回は発酵デザイナー・小倉ヒラクさんが写真集『発酵する日本』（二〇二〇年・青山ブックセンター刊）をつくるときに、ノコノコと立ち会いについて来たのであった。

あれがもう二年も前のことだとは、月日の流れは早いものである。

ハイデルベルク社のスピードマスター

午前十時過ぎに工場へ入るとすでに準備は終わっていて、最初の刷り出しが始まっていた。

本をつくるときには大きな紙に複数ページを同時に印刷する。順番を考えて割り付けてあれば、両面に複数ページが印刷された紙を決められたやり方で折るだけで、ちゃんとページが順番に並んだ小冊子ができあがるのだ。この小冊子を折丁と呼び、折丁は一台、二台と数えることになっている。一冊の本はそうやってできた折丁を数台重ねてつくられるのだけれども、説明がちょいと難しいので興

すごいスピードでガンガン印刷されていく

味がある人は検索するといいかも。

さて、今回『ラブレター』の本文印刷に使うのはＵＶインキである。そしてそのＵＶインキで印刷する印刷機がこれ、ハイデルベルク社のスピードマスター。

細かいスペックについて書き始めると切りがないので割愛するけれども、様々なセンサーだけでなくクラウドまでを駆使した最新テクノロジー満載のマシンなのだ。なんたってスピードマスターだ。世界的に有名なオメガの時計やレースカー用のエンジンオイルと同じ名を冠している印刷機である。

こちらは僕もよく知っている紙をベルトで送るタイプ。スピードマスターにはこのベルトがない

なんと、ベルトを使わず空気の力だけで紙を印刷機へ流していく

紫外線を当ててＵＶインキを固める

紙に空気を吹き付けて浮かせると機械のツメが一枚ずつ摑みやすい

あっ、いかんいかん、刷り出しの立ち会いの話を書くつもりだったのに、印刷機の話ばかりになっている。ともかくそれくらいこの印刷機がカッコよいのですよ、ええ。

このスーパーマシンはいろんなことが自動化されているし、すごい性能を持っているのだけれども、それだけではダメなのだ。けっきょくの所、やっぱり印刷には人の手と目が必要で、ここで登場す

人が細かく確認して微調整することで
マシンの実力が発揮される

るのがプリンティングディレクター、製版担当者、オペレーターといった印刷のプロフェッショナルたちである。黒インキだけで印刷される文書であれば、それほど気を遣う必要もないのだけれども、今回は写真がたっぷり入っているから彼らの技術なしには成立しない。

もともとデジタルカメラで撮られている写真は、簡単に言えば光で描かれている。これをインキという物質で置き換えると、どうしても色が変わってしまうのだ。元々のイメージ通りに印刷するために、プリンティングディレクターが紙とインキの特性から全体的な方向を設計し、製版担当者がその設計に合わせて色味を調整したものを、印刷オペレーターが実際の紙で再現するのである。

まずは折丁の一台目を片面だけ少し刷ったところで、抜き出した紙を台に乗せてチェックを始める。「少し刷ったところ」といっても印刷がきれいに安定するまでにはかなりの枚数を刷る必要があり、ぜんぜん少しではないので、ご家庭では不可能な作業である。

「どうでしょう？　デザイナーさんからの指示も反映させています」

大きな紙は、まるごと全部を同じインキの割合で刷っているわけではない。青っぽくしたい部分、少し色味を落としたい部分、鮮やかにみせたい部分など、場所によって少しずつインキの割合を変えて色を再現している。

「えーっと、そうですね」

端から端までじっくりと見るが、どの部分も想定通りの色味になっている。いや、むしろ元々僕が想定していたものよりも、きれいに出ているところさえある。これはもう特に言うことがない。

余談だが、ＣＭの制作現場などでは意見を聞かれると何か言わなきゃと思ってあれこれ適当なことを言い出す人がいるけれども、言うことがないときには別に

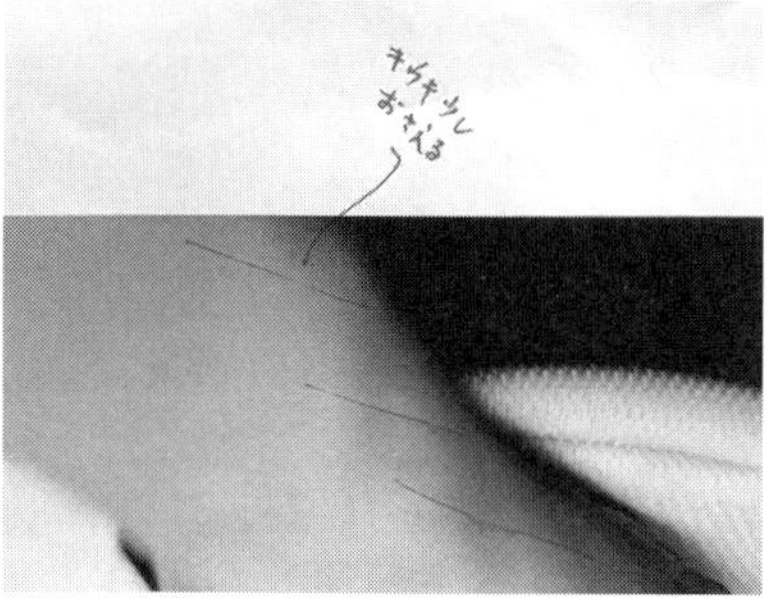

何も言わなくてもいいのだ。あの人たちは何か言うことを仕事だと勘違いしているようだけれども、そうじゃない。良ければそれで良いといえばいいのだ。広告を発注する立場にいる人は、ぜひ覚えておいて欲しい。

「影の黒い部分もちゃんと潰れずに出ているし、何の問題もないです」

僕はそう答えて、チェックした紙に僕の名前を書き込む。これで責任者がＯＫを出したことになる。あとは刷るだけだ。

一台目の色味が確定である。

予定の部数をぜんぶ刷るまでは特にやることがなく、しばらく待つことになるが、そこはさすがのスピードマスターである。ものすごく早いのだ。

「それじゃ、次のチェックお願いします」

これが一台目の裏だったか、二台目の表だったかは忘れたけれども、とにかく次の色チェックを始める。

「この写真はほかに比べると元々少しだけ赤いんですが、この赤みって抑えられますか？」

「確かにそうですね。やってみましょう」

プリンティングディレクターとオペレーターが何やらやりとりをして、巨大なコンソールパネルにいくつかのデータが打ち込まれていく。このあたりのハイテク感がやたらとカッコいいのである。

「どうでしょう？」

刷り出された紙を見て、おお、と僕は驚いた。具体的なことはたぶん企業秘密だろうから書かないけれども、その色のインキをそんなふうに加減すると、こういうふうに色が変わるのか！　と驚いたのだ。

紙とインキと印刷を知り尽くしたプロフェッショナル

「完璧です！」

こうして僕は再びＯＫのサインを書き入れた。

せっかくなので、次の刷り出しを待つ間に工場の中をウロウロしてみる。

天井に設置されたパイプからは水蒸気が放出されている。紙は温度によってかなり特性が変わるので、こうやって一定に保つ必要があるのだ。

もちろん湿度だけでなく温度管理も重要だ。インキは温度が変われば粘度が変

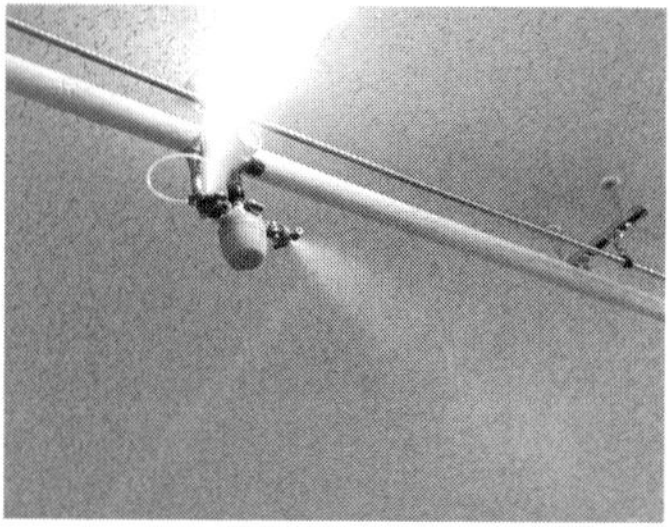

定期的に水蒸気を放出

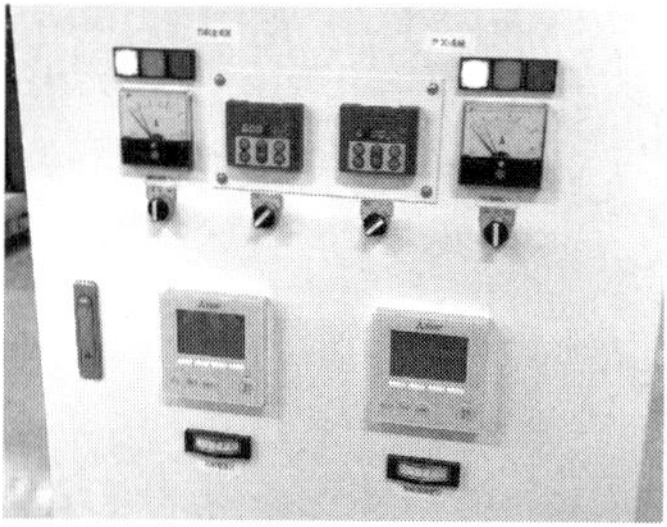

気圧を常にコントロール

カーテンの中央が少し膨らんでいるのは
内側の気圧に押されているから

わるから印刷の仕上がりに影響する。常にスピードマスター本来の能力を発揮させるには、温度と湿度の管理が欠かせないらしい。さらにこの空気を守るため、たとえ扉を開け閉めしても外の空気が入ってこないように、工場内の気圧を外部よりも高くしてあるらしい。

「どうでしょう？」

もう次の刷り出しが出てきた。

「えーっとですね。わざわざ東京から松本まで来ているので、せっかくなら何か言いたいんですが、何も言うことがありません」

本当に言うことがないのだ。ただＯＫとサインするしかない。

ちなみにサインしながら「サインは事務所を通して欲しいんですよね～、一人にサインするとみんなにサインしなきゃダメになりますから～」という、本当にくだらないギャグを言って大いにスベったことは末代までの恥としてここに記録しておく。

本文の印刷立ち会いはこれで終了。あとはここで刷り上がった本文が、何回か折られて、いくつも重ねられて、そして活版で刷られていた表紙と合体する「製本」の過程に移るばかりである。いよいよ紙が本になるのだ。

こうして僕はあずさ三〇号に乗り込み、テレビ収録の待つ東京へ戻った。松本駅から新宿駅までの三時間弱、もちろん爆睡した。

「ちょっとしたもの」はまだ秘密

幡野広志さんの著書『ラブレター』の制作もいよいよ大詰めである。

この夏に「ほぼ日曜日」で開催される展覧会『幡野広志のことばと写真展ｆａｍｉｌｙ』で先行販売を予定しているので、なんとかそこに間に合わせなければならないのである。でも、もう制作も最終段階まで来ているから、たぶん間に合うんじゃないかなあ……と思う。いや、間に合わせます。ええ。

さて、最後に残っていた印刷。それは特装版の表紙へ差し込む紙への印刷である。何度も書いているけれども、特装版の表紙は封筒の形をしていて、ここにタイトルと著者名を刷った紙を差し込む仕掛けになっている。

さらに、幡野さんのオリジナルプリントも差し込まれる。この差し込む紙も活

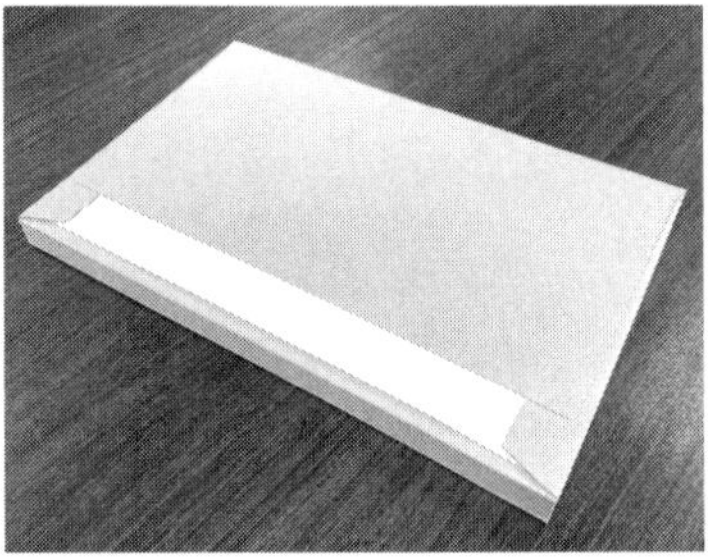

こちらは束見本なので印刷はされていません

版印刷することになっているのだ。ただし、タイトルと著者名のほかにも、ちょっとしたものを刷っておくことになっている。

この日も僕は、もはやお馴染みとなった日光堂へ向かう。日光堂には、前もって藤原印刷で「ちょっとしたもの」を刷り終えた紙がすでに到着しており、ここにタイトルと著者名を押していくのである。

もうね、刷るというよりも押すって感覚なんですよ、僕の中では。ハンコだから。

今回は活版を押す範囲が小さいので、効率よくするために同時に二枚分刷って、あとから断裁することにしてある。なので、同じものが二つ並んだ版を使って印刷していく。

　次のページに載っている写真が、最初の刷りを終えた状態の差し込み紙である。一枚の紙から四枚とれるので、まずは左側の二枚分を刷り、次に版の位置を変えて右側の二枚ぶんを刷る。これをトンボの位置で断裁すれば、表紙に差し込む紙がいっぺんに四枚できあがるのだ。

　事前に刷ってある「ちょっとしたもの」はまだ秘密である。これはぜひ、本

日光堂のこの機械もだんだんお馴染みになってきました。

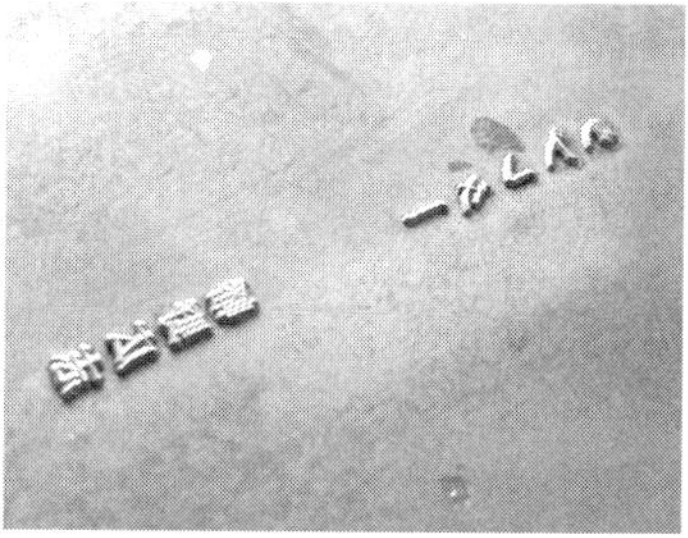

活版です　何度見てもカッコよい

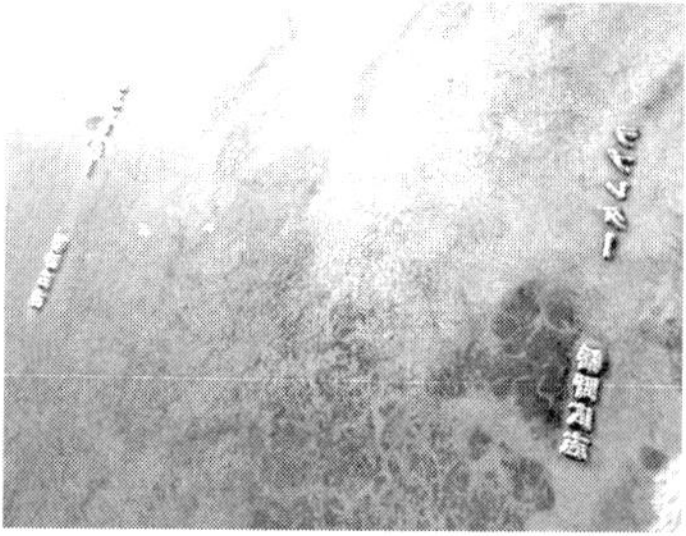

文を読みながら見て欲しいと思っている。通常版には入っていないけれど、もちろんこの紙がなくても本文はちゃんと楽しめるので、そこはご安心ください。

これでいよいよ印刷はほとんど終わった。ほとんどというのは、バーコードのシールなどの直接本には関係ないところが残っているからで、でもまあこれは立ち会わずにお任せしようと思っている。

さあ、次は製本である。これまで印刷されてきたものが一カ所に集まり、ついに本の形になるのである。明日は製本所へ行ってくるぞ。

印刷が終わったら製本である

幡野広志さんの著書『ラブレター』の制作もついに最終章。本文の印刷も表紙の印刷もすべて終わったら次はいよいよ製本である。

刷り上がった紙は、決められた順番に割り付けて大きな紙に両面印刷されているので、この印刷された大きな紙を正しく折るとページ順に読める一冊の小冊子＝折丁になる。

この小冊子を重ねて、糸で綴じたり糊《のり》で固めたりすると本の中身部分ができあがる。

これを本身と言って、この本身に表紙をつけるといよいよ本の形になるのである。

前のページに載せている写真は『ラブレター』の全ページぶん、十五台の折丁を順番に重ねたところで、まだ糊で固められてはいない。

さて、今回の本には、封筒仕様の特装版とフランス装版があるわけで、それぞれの製本を別の製本所で行うことになっている。

僕がお伺いしたのは封筒仕様版の製本をお願いしている神楽坂の望月製本所であります。今日はここで、すでに重ねて糊で固めた本身に表紙をつける作業を行うことになっている。

どっかーんと積み上がっておりました合体ずみの本文がこちら。折丁を重ねて遊び紙と一

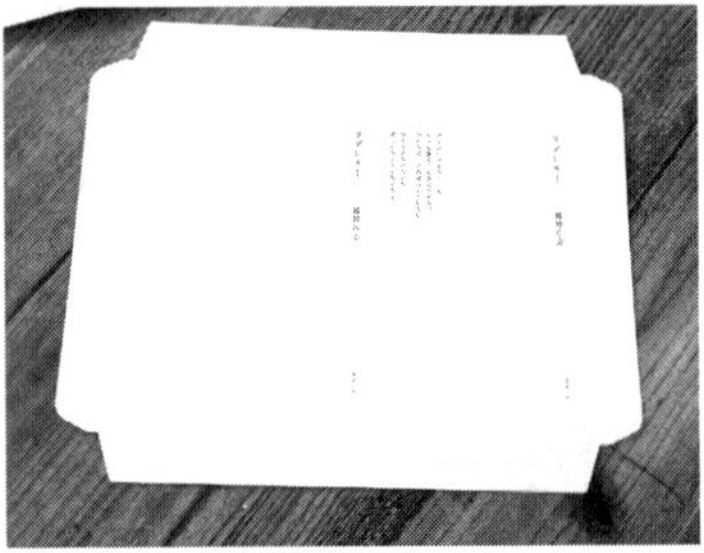

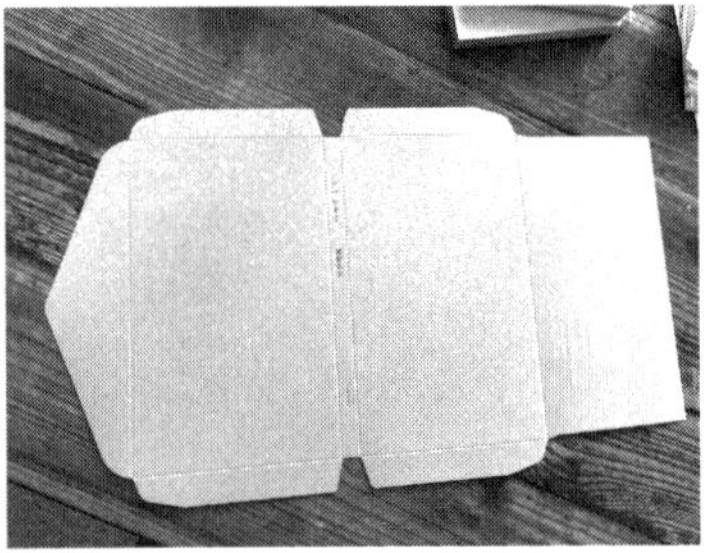

活版での印刷が終わって型抜きされた表紙

順番に重ねて糊付けされた折丁のかたまり

緒に糊で合体させた完成形である。本文と表紙を紙で繋ぐときはその紙を「見返し」と言うのだけれども、今回は表紙の裏側も見せたいので、「見返し」はつけないことにしている。紙を貼っちゃうと表紙の裏側が見えなくなってしまうからね。

なお『ラブレター』には写真もたくさん入っているので、できるだけ開きやすくなるよう、特殊な糊を特殊な塗り方で合体させているらしい。

ただし、くっつけかたについては詳しく聞くのを忘れたので、とにかく特殊とだけ言っておくぞ。

フランス装版の遊び紙はこんな色でございます。って書いているけれどもモノクロだからわかりませんよね。すみません。この記事がWEBに掲載されていたときにはカラー写真だったんです。どうか心のカラーフィルターで見てやってください。

心のカラーフィルターでご覧ください

トパーズよりもやや赤みの抜けた感じの色。落ち着いたいい色でございます。この時点で、ちゃんとページ通りになっているので、表紙がなくても本としては成立しているのでござる。もう本として読むことができるのであります。

紙を折ってつくった折丁を順番通りに重ねてくっつけた状態だと、どうしても端っこが微妙にでこぼこしてしまう。どんなに丁寧に折っても、やっぱり不揃いになるのだ。そのでこぼこを無くすために、表紙をつける前に端っこを整える作業、それが裁断である。

ようするに切るのである。切ることが前提になっているので、糊で合体された本文は、最終的なサイズよりも若干

重ねただけではでこぼこになっている

大きめにつくられているのであります。

切れる！　スッと切れる！　恐ろしいほどの切れ味!!　二四〇ページの厚みが何の抵抗もなく豆腐のように切られていく。

「キレてな～い」なんてことは一切ないのだ。かつては安全装置がなかったため、痛ましい事故が発生したことも少なくなかったらしい。とにかくそれくらいよく切れるのだ。

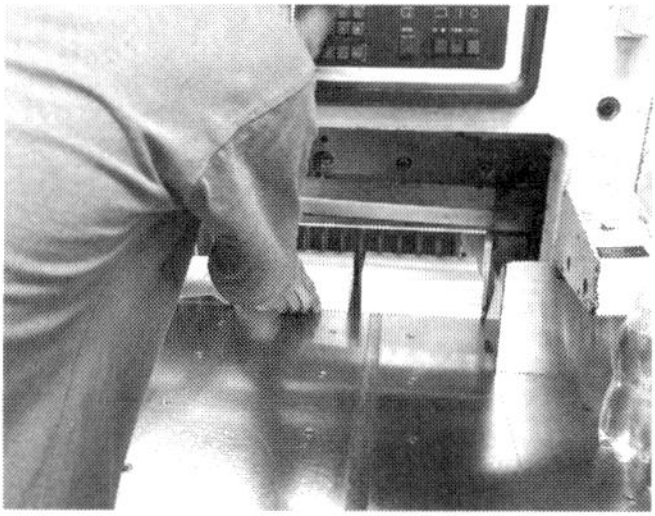

数冊分をまとめて機械にセット

鋭い刃が強烈な圧力で押し当てられ

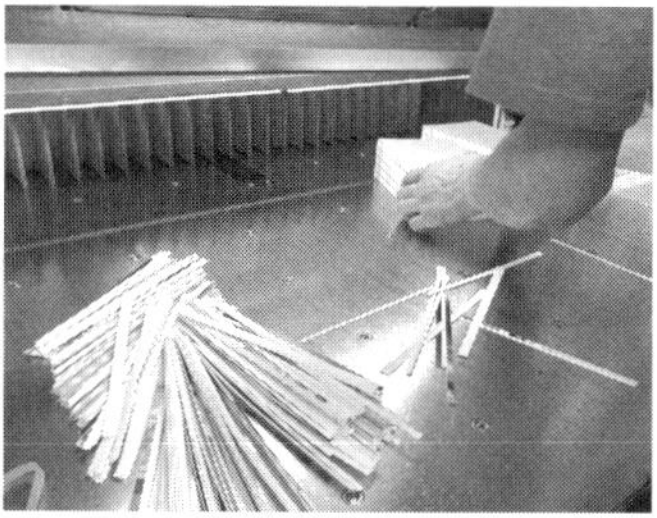

一瞬で裁断されていきます

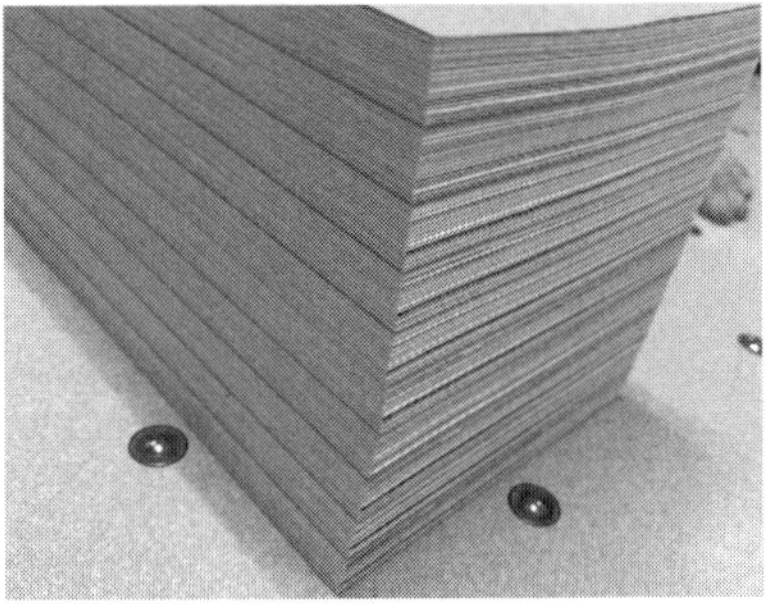

天アンカットにした裁断

これが裁断が終わった状態の本文である。

さあ、賢明な読者のみなさんはお気づきであろう。長辺はぴったり揃っているけれども、よく見ると短辺は揃っていないではないか。おかしいではないか。その通りである。

今回は、手紙の雰囲気を残すために、あえて一カ所だけ、本の上側を裁断せず不揃いなまま残したのである。

これは、本の天側をカットしないから「天アンカット」というものすごくベタな呼び方をする製本パターンの一つである。

手紙って、便箋を何枚か重ねて折ると、ちょっとだけ端っこがずれるじゃないですか。あるいは封筒の口をきれいに折って封をしようとしても、どこかに歪んだ部分が残るじゃないですか。僕たちはこの本で、どうしてもあの気配を出したかったのだ。

こうしてつくられた本文に、いよいよ今から表紙がつくのである。

さて、望月製本所では、なんと専用の製本マシーンというか、この『ラブレター』を製本するための専用の型がつくられていた。下の枠に本文をぴったりはめて、上の枠に表紙をぴったり合わせて載せると、デザイナーの意図した通りに表紙と本文との微妙な差が生まれるようになっている。

型抜きされた表紙をどのように折るか
綿密に測定する

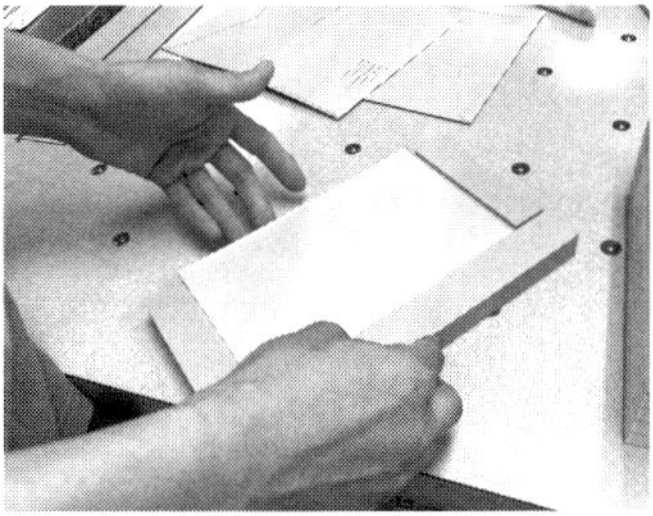

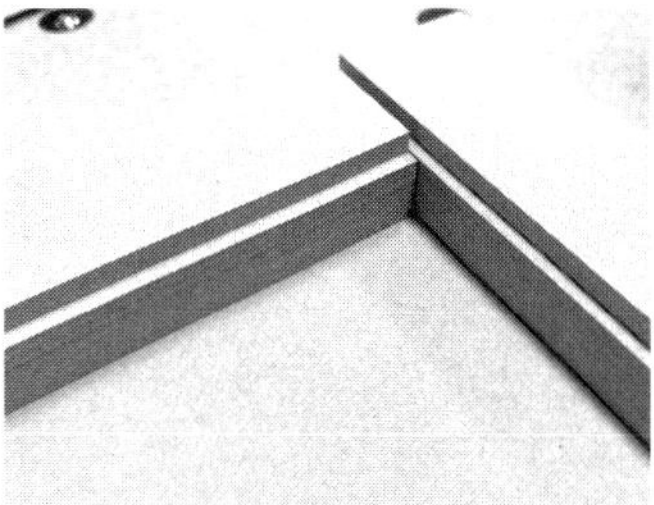

『ラブレター』用につくられた製本用の型

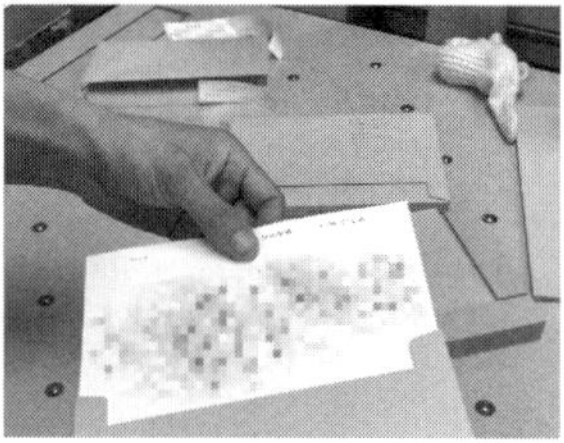

ふだんから、機械が一切使えない手作業の製本が多いので、商品としての精度を高めるために、こうした型を一冊の本ごとに合わせてつくるそうだ。

表紙を折って本文と合わせていく作業はすべて手作業で行われる。

じつは僕も一冊だけ製本に挑戦したのだけれども、ちょっぴり曲がってしまった。簡単なように見えて、じつに難しいのである。

みごと本身に合体した表紙に、タイトルを刷った紙を差し込んで、ついに一冊の本が完成である。

いやあ、完成だよ。ついに、ついに完成いたしましたよ。

いざこうして完成した本を前に振り返ってみれば、企画の段階から本当にいろんなことがありました。何があったかは今ちょっと覚えてないけど。

もちろんフランス装版も同様に完成しているから、いよいよこれでみなさんのお手元に本を届けることができるのだ。

『ラブレター』には、いわゆるカバーがないので、このまま発送したり、書店の店頭で並べていただいたりすると、どうしても表紙が傷みがちになる。

そこで、完成した本をこのあと透明フィルムでシュリンクし、その上からバー

コードなどのシールを貼ることにした。ここまでの作業が終われば、ついに商品として完成である。あと少しだ。

これでなんとか「ほぼ日曜日」で開催される展覧会『幡野広志のことばと写真展ｆａｍｉｌｙ』での先行販売にも間に合うのである。

いやあ、よかったあああ。

そしてこの本をきっかけに

ひょんなことから関わることになった幡野さんの新著『ラブレター』の制作。ついに本も完成して、今日からは渋谷ＰＡＲＣＯの「ほぼ日曜日」での展覧会も始まった。なんとかできあがったので、嬉しいのと同時にホッとしてもいる。

この本に関しては、最初からずっと同じことを僕は考えていた。これは手紙なのだと。手紙であるべきなのだと。

幡野さんから妻と子へ送る手紙であり、読者へ送る手紙でもあり、同時に僕たち制作チームから幡野さんへ送る手紙でもあり、読者から幡野さんへ送る手紙でもあるのだと。

もちろん本は本なのだから、手紙そのものにはならないけれども、それでも、だからこそ手紙としての佇まいを残したかったし、幡野さんが妻と子へ宛てた手紙を読む人が、この本を読んでいるうちに、なんとなく自分にあてた手紙のように感じてもらえるようにもしたかった。

どんなメディアを使っていても、人がほかの人へ言葉を届けようとすれば、それは一種の手紙なのだし、その中でも誰か大切な人へ向けて送る手紙はすべて「ラブレター」と言っていい。

この本を読んだ人が心の中に浮かべたイメージや大切に思った言葉を、ほかの大切な誰かに伝えるとき、きっとそれもまたラブレターになるのだと。そんなラブレターの出発点になる本であって欲しいと。

それが上手く形にできたかどうか、そういう本になったのかどうか、正直に言うと、僕にはわからない。わからないけれども僕としては満足しているから、たとえ自己満足だとしても、それはそれで構わない。あとはこの本を手に取ったみなさん次第だ。

さて、この制作日誌では造本の話ばかりしてきたけれども、幡野さんの書いた言葉と撮った写真がなければ、そもそも造本も始まらないし、じゃあ原稿を任せるよと言ってくれなければ、こんなふうに関わることもできなかったわけで、こんな怪しげなサングラスの男によくもまあ任せてくれたものだと、今さらながら呆れつつ感謝している。この本に関わらせていただきまして、本当にありがとうございました。

ここまでずっと造本の話ばかりしていたので、そろそろ中身の話にも触れておこうと思う。いやもう、中身はすごくいいのでともかく読んでくださいとしか言いようがないのだけれども、いちおうちゃんと書いておくぞ。しかも、ですます調で。

幡野広志・著『ラブレター』は、あくまでもご家族に宛てて書かれた手紙の連載をまとめたものなのに、その言葉はどこまでも普遍性を帯びていて、なぜか僕たちの心の奥にも静かに響きます。

妙にくだけるわけでもなく、肩に力が入っているわけでもなく、幡野さんがただ淡々と日々に感じ、考えたことがそのまま文章となって収められている本です。ときどき、ものすごくベタな駄洒落や「あんたいくつやねん」と突っ込みたくなるようなジョークも紛れ込みますが、そこは編集者として、カットせずにあえて残しました。

全体を通してけっして派手なことは書かれていませんし、何か大きな事件が連続して起こるわけでもありません。最新の知識を得る喜びやら、あっと驚く展開に満ちているわけでもありません。

でも、やわらかい文章の中には、自由であること、自分で決めること、責任を担うことへの覚悟と誇りが常に見え隠れしています。誰もがつい逃げだしたくなることへも、きちんと向き合う姿勢が流れています。

それは幡野さんの強さでもあるのですが、だからといって僕たちにできないことでもありません。考え方というよりは、在り方の問題なのです。

そうやって幡野さんが、僕たちがふだん気づこうとしない小さな視点や、目を閉じて無かったことにしているものごとを「いやいや、ほら、ここにあるじゃん」と、まったくオブラートに包まずに、でもそれなりに優しく見せてくれる、そんな本に仕上がったように思います。

読み終わると、きっと「借り物の言葉ではなくちゃんと自分自身で考えた言葉を大切な誰かに送りたい」そんな気持ちになる本です。あと、写真もちょっぴり撮りたくなるはずです。さっき僕もカメラの充電を始めました。

ぜひお手に取ってその言葉に触れていただけたら、そしてこの本をきっかけに、誰かにラブレターを書いてみよう、そんなふうに思ってもらえたら、僕はとても嬉しく思います。

見直すたびに気になるところが出てきて、
そこを直すたびに他も直さなきゃならなくなって、
そのぶん確実に良くなっているはずなんだけど、
でも、そうするとやりたいことが少し変わってきて、
そんなふうに変わってきた気分でまた見直すと、
新しく気になるところがまた出てきて…の無限ループ。
なかなか前に進まないけれど、
たぶん知らない間に少しずつ進んでいる。
これって、デッサンや彫刻に似ている気がする。

□少しだけ味わえればいい

ものごとはまとめてやってくる。良いことは良いことでまとまって、悪いことは悪いことでまとまって。いったいどうしてなのか僕にもさっぱりわからないんだけど、いつもまとめてやってくるような気がする。

クルクル指の先で回しても何も起こらなかったダイアル錠の、それまでずっとずれていた歯車が、何かの拍子にとつぜん噛み合って、奥のほうでカチリと音を立て、そして秘密の扉が前触れもなく大きく開くのだ。扉の中から飛び出してくるのは、良いことの塊か悪いことの塊か。どちらにしても、たくさんのできごとがまとまって飛び出してくる。

少しずつ漏れ出していればなんとか対応できるのに、あまりにもたくさんのことが同時にやってくると、急にヘッドライトを浴びせられた野良猫と同じく、じっとその場に立ち尽くして、前へも後ろへも進むことができない。

パニックというやつだ。

そうは言っても、動かなければ塊に飲み込まれてしまうから、なんとか乗りこなすよりほかない。悪いことが塊でやって来るのなら、慌てずに一つ一つ淡々と処理するだけだ。それじゃあ、良いことがまとめてやってくるのは喜ばしいことかといえば、案外そうでもない。僕にとって良いことも悪いことも同じようなもので、まとめて来るのはどちらにしても面倒くさい。

少なくとも、良いことは放っておいてもあまり問題にはならないので、その一つか二つを味わったら、あとは最初から見なかったことにして、適当にやり過ごすのがいいと思っている。

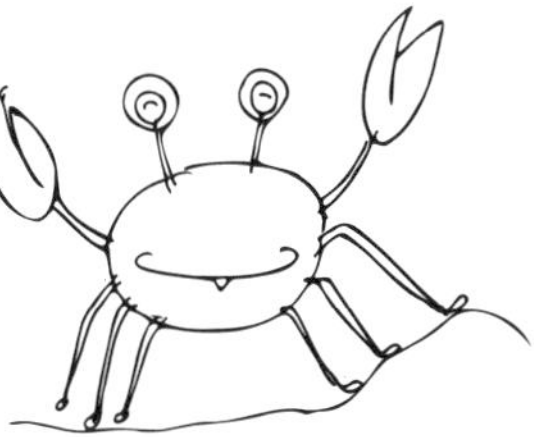

□広告は商品に含まれている

あれこれと外側で仕掛けるのもいいけれど、いちばん大切なのは中身をちゃんとつくること。みんなに喜んでもらえるものがつくれていたら、もうそれだけで広告はほとんど完成している。

もちろん誰にも知られないままだと、どれだけいいものをつくっても手にしてもらえないから、知ってもらうことは重要だけれど、ちゃんと喜ばれるものがつくれているのなら、シンプルに中身を伝えるだけでいい。

広告にとって一番大切なものは最初から商品そのものに含まれている。外側をいろいろやりたがるのは、中身に自信がないから。

やる気スイッチは
入っているんだよ。
でもブレーカーが
落ちているんだよ。

◻文学フリマへの参加について

新型コロナウイルス感染拡大状況に鑑みて、さんざん悩んだ挙げ句、今週末十一月二十二日に開催される「第三十一回文学フリマ東京」への参加を見合わせることにしました。とはいえ、僕自身は文学フリマの開催に反対しているわけではありませんし、イベントに参加されるみなさんに対しても、ぜひ楽しんでいただければと思っています。

今年の五月に予定されていた「第三十回文学フリマ東京」が中止になったときには、それ向けに同人誌『雨は五分後にやんで』をつくっていたし、本当に残念な思いをしたので今回はギリギリまで参加しようと考えていました。

今回の会場では、マスク着用の徹底や消毒液の完備はもちろん、接触者確認アプリへの登録を必須にする、検温を実施する、紙ものの配布を極力減らすなど、イベントを運営されるスタッフのみなさんは、いま考えられる中では最善の、可能な限りの対策を考えていらっしゃいますし、本当に慎重に開催されようとしています。出展されるみなさん、そしてたぶんお客様としていらっしゃるみなさんも、それぞれ万全の対策をとられることだと思います。

そういう意味では、あまりちゃんと対策をとっていない一部の店舗や施設や、酔っ払って大騒ぎをしているおじさんたちのほうが、新型コロナウイルス感染に対しては不用心です。むしろ、文学フリマはよほど安全なイベントじゃないだろうかという気がしないでもありません。

それなのに、あえて僕が出展を見合わせたのには大きく二つの理由があります。

その一
まずは僕自身にいろいろな内部障害があり、感染した場合の重症化リスクがかなり高いことです。どれだけ対策をとっても、どれだけ健康に気を遣っていても、風邪をひくときは風邪をひくし、ものを食べてお腹を壊すこともあるし、とにかく病気になるときにはなるわけですから、今のタイミングで不特定多数の人が同じタイミングで行き来する場所へ近づくのはやっぱり怖いなと感じてしまったことが一番の理由です。小規模なトークイベントなどとは違って、やっぱり「ちょっと僕には怖いな」と感じてしまったのです。

その二

燃え殻さんの新刊『相談の森』の事前予約を思いのほかたくさんいただいて、あまり在庫を持っていけなくなってしまったこと。これも理由としてはかなり大きいです。事前予約をたくさんいただけたのは、本当に嬉しくありがたいことなのですが、その結果、会場に持ち込める本の数がけっこう少なくなってしまったのです。もちろんこれまでにつくった同人誌など、他の本も持っていく予定でしたが、「文学フリマの会場で『相談の森』を買いたいんです」と、わざわざ遠くからお越しになる予定の方もいらっしゃると伺っているのに、お越しになっても「売り切れましたごめんなさい」では、あまりにも申しわけありません。

他にもあれこれ小さな理由はありますが、大きくはこの二つの理由から参加を見合わせることにしました。直前での不参加表明になってしまって、僕のブースへお越しになろうと考えていらっしゃったみなさんには申しわけありませんが、ご理解いただければと思います。

これまでの文学フリマでたまたま手にした作品をきっかけに交流の始まった人

もたくさんいますから、今回の出展を見合わせることで、いろいろな作品をつくって発表されているみなさんと出会えないことは本当に残念ですし、僕のつくっている本を新しいお客さんに偶然お届けすることもできませんが、どうやらわざわざ僕のブースへお越しになるためだけに、既に新幹線のチケットをお求めになった方もいらっしゃると聞いているので、せめてその方たちだけには、何らかの形で本をお渡ししたいと考えました。

で、どうしようかなと相談したところ、十一月二十二日と二十三日の二日間、東京・南青山にある「ＴＯＢＩＣＨＩ東京」を（半ば強引に）お借りできることになったので、ここで小さな小さな「かも書店」なる極秘の販売会を行おうと思います。『相談の森』については、そもそもの在庫数はあまり多くないので、すぐに売り切れてしまうかもしれませんし、同時に入れる人数を制限するなど、いろいろと制約をお願いすることになるかもしれませんが、こちらへ足をお運びいただければ、できるだけの対応をさせていただきます。また、事前にご連絡をいただければ、取り置くようにいたします。

実を言うと、すでに文学フリマの会場に宅急便で本を送ってしまっているので、朝一番で会場へ行って、荷物を引き取ってきてからの開始になりそうです。二十二日は、たぶん十一時～十三時くらい、十六時～十九時くらいまで在席できそうです。二十三日は、丸一日、在席できると思います。

燃え殻さんがいるかどうかはわかりませんが、運が良ければ、ひょっこりいてくれるかもしれません。

長々と文字を連ねてきましたが、最初にも書いたとおり、僕は文学フリマの開催に反対しているわけではありません。あくまでも、僕の個人的ないくつかの理由から判断して、参加を見合わせることにしただけのことです。

イベントに参加されるみなさんは、ぜひ楽しんでいただければと思っています。次回こそは僕も気兼ねなく参加できればいいなと切に願っています。

「ｎｏｔｅ」二〇二〇年十一月十八日

□継続は力なりなのだな

最近やっとわかってきたんだけれど、ギリギリと会社で脳みそ絞ってから、こんな時間に帰って来るとさすがにフラフラだし、どうせ一〜二行しか書けないだろうから今日はもうやめて明日がんばろうって思うのと、どうせ一〜二行しか書けないけれど、それでもいいから一行だけでも書こうって思うのとでは、ぜんぜん違うんだよね。

その差はたったの一〜二行ぶんだけなんだけれど、楽器の練習と同じようなものので、頭や手が動き出すまでの時間のようなものが、とにかく何かがすごく変わる。

一日休むと戻るまでに二日かかる感じ。

継続は力なり。いやもうまったくその通り。ということで一行だけ書いて寝ます。

□二つの世界

仕事場に近い大通りの交差点にいつもビッグイシューの販売員が立っていて、僕は新刊が出るとときどき購入している。バックナンバーもけっこう揃っているので、買い忘れていたものや人にあげたいものが残っているときには、これまた買っている。

ビッグイシューを手に取ったことのある人ならわかると思うけれども、ページ数はそれほど多くはないものの丁寧な作りの雑誌で、インタビュー記事や取材記事もしっかり書かれているし、きっとそれほど多くない部数のはずなのに、よくもまあこの値段でこの雑誌が作れるものだと感心する。たぶんつくっている会社は赤字だろうと思う。

今の僕たちが知るべき社会のトピックスがきちんと問われていて、つまらない凡百のゴシップ誌を読むくらいならビッグイシューを読むほうがよっぽどいいと思うのだが、僕以外に買っている人を今のところ一度も見かけたことがないのが不思議でならない。

なんとなく顔見知りになったその販売員は、他の多くの販売員と同じようにどこか気弱そうな雰囲気を纏った人で、声を出すこともなくただ雑誌を掲げている。かつてしばらく滞在していたロンドンでよく見たビッグイシューの販売員たちはもっと積極的に声を上げてガンガン売っていたから、こうした路上販売のやりかたは、もしかすると日本人にはちょっと合っていないのかも知れないなんてことを考えるが、それじゃあお前に何か知恵があるのかと問われると、もちろん僕は黙るよりほかない。僕はいつも口だけなのだ。

ともかく今日はその販売員がいなかった。代わりにその場所に立っていたのはスーツを着た若い男性で、胸元に小さなパネルを掲げていた。なんのパネルだろうかと近づいてみると、ある大手メーカーの就職説明会の会場案内だった。地下鉄の駅から次々に上がってくるのは黒いスーツを着たもっと若い男女で、彼らはその案内パネルを持った男性に丁寧に頭を下げて挨拶をした後、会場のあるビルへと消えていく。就職活動はたいへんだなと思った。

あの気の弱そうな販売員は、自分がいつも立っている場所に見知らぬ誰かが立っているのを見て、立つことを諦めたのだろう。たぶんここで雑誌を売りたいのだと主張できるような人ではないと思う。

たいへんな就活生と、たいへんな販売員。

僕はビルの入り口へ吸い込まれていく若いスーツ姿の男女を目で追いながら、まったく同じ場所にまるで異なる二つの世界が重なりあって存在するような気がしていた。

□自分に指示を出す

一年の計は元旦にありというが、朝起きてぼうっとしているうちに元旦が終わってしまった。ぼうっとしていなかったら、何かしらの計画を立てたかと自問すれば、たぶん何も立てなかっただろうなという気がする。

年を越したからといって、昨日の僕と今日の僕とで何か大きな変化があるわけでもなく、ただこれまでの延長が続くだけのことだから、僕は日付やら年号やらにはあまり大きな意味を感じない。もちろん、僕だって社会と関わり合いなく生きているわけじゃないから、年を越すことで変わることだってたくさんある。それでも必要以上に意識しないし、それよりも昨日までの自分をなんとか上手く引き継いで、続けていくことに興味がある。

アーチェリーで矢を射るときには、手元での数ミリの誤差が、遠く離れた地点での数メートルの差につながるという。たぶん僕の毎日もそれと同じようなもので、日々のわずかな誤差が数年後の大きな違いにつながるのだろうから、年を越したからといってあわてて急に何らかの計画を立てるのではなく、毎日の些事の中で、自分の行きたい方向、向かうべき方向をぼんやりと見つめるほうが、少なくとも僕の性には合っている。あわてて立てた遠い未来への計画はきっとすぐに忘れてしまうか、やっぱり無理だと投げ出してしまうか、その両方になる。

そもそも僕は、昨日の自分と今日の自分と明日の自分がつながっていることが不思議でならない。だからこそ、明日の自分が向かうべき方向を今日の自分がきちんと指し示しておきたいと思う。それを丁寧に繰り返す。年越しのタイミングに計画を立てて終わるのではなく、毎日丁寧に繰り返す。

僕はそれでいい。それで十分だ。明日の自分に指示を出せるのは今日の自分だけなのだから。

□やりづらいだろうなあ

名古屋にいる、というか愛知県の豊田市にいる。ラグビーの試合観戦で豊田スタジアムに行くのが主な目的なのだけれど、ちょうど前から行きたかった「あいちトリエンナーレ」の一部展示が豊田でも行われているので、これ幸いとばかりに朝から向かったわけだ。

豊田までの道中で相変わらず迷子になったことやら、展示のことやら、このあと始まる試合のことはさておき、展示作品を巡って豊田市内をあれこれ歩いて気づいたことがある。

とてもトヨタ車が多いのです。

そりゃまあ、お膝元なのだから当たり前なのかも知れないけれども、とにかく街中を走っている車に占めるトヨタ車の割合が圧倒的なのだ。トヨタだらけなのだ。軽自動車はダイハツだけど、普通自動車はもうほとんどトヨタばかりが目に入るから、さすがだなあと思うし、その構造というか、その世界の仕組みを考えると、何だかとてもおもしろい。

もちろん、こういうところにもトヨタ以外の自動車ディーラーってあるんだろうけど、やりづらくないのかなあ。大変だろうなあ。

「note」二〇一九年十月四日

「マイナンバー、下〇〇桁の抽選で、毎週〇〇〇人に100万円が当たる!」にしたら、けっこう普及するんじゃない?

【知りたくなかった豆知識】エビのしっぽとゴキブリの羽は同じ成分でできている。

もう何年目になるのかわからないけど、そろそろ予告を始めておきます。今年もやります、 #山の日にモンブラン 。まだ、どのケーキ屋のモンブランに登頂するかは決め切れていませんが、登りますとも。なお、今年の「山の日」は、8月8日(日)です。お忘れなく。

「クレーンがお前をじっと見ている」

おもしろ第一主義

今年は、明日から4日間連続で金曜日です。これは472年に1度しか起こらない現象です。

僕も心療内科に掛かっているから、メンタリストと名乗っていいんじゃないか?

一度飲み込んだら、絶対に通帳もカードも吐き出さない恐ろしいモンスターが存在するという噂を聞きつけた我々取材班は、みずほ銀行のATMコーナーへ向かった。

ああ忙しい、もう時間がない、さて困った、とツイートしているそこのあなた。まず Twitter を閉じろ!!

□いま非日常にいる人たちが

特別なことなんて何もしなくていいんだと、最近、ますますそう思うようになってきた。

ふつうでいること。「ふつう」だって時とともに少しずつ変わるのだから、無理をせずふつうを続ければいいし、その方が息切れしない。

特別なことは大切だけれども、それは非日常だからいつか終わってしまう。そして、いま非日常にいる人たちが、ふつうでいられるようになること。

それが幸せってことなんじゃないのかな。

伝えたいのは情報じゃない
伝えたいのはメッセージ
情報を伝えるという隠れ蓑の内側に
みんなとつながっていたいのだという
メッセージを隠している
みんなと楽しく話をしたいのだという
本当の気持ちを隠している

もっとバカになりたい

ヤマザキマリさんの「マスラオ礼賛」おもしろかったあ。僕はものごとを男女で分けて考えることはあまりないのだけれど、それでもやっぱり男って基本的にバカなんだよなと思ってるところに、この本を読むとバカでいいというか、むしろバカなほうがいいと思えるから安心するし、もっとバカになりたい。

来週から、僕は国際コンサルタントになることにしましたので、国際のことがあったら、気軽に何でも聞いてください。

お前ら、僕がこれまでどれだけ金をかけて太ってきたか、わかってるのか⁉

ストロング360度。

ラーメンは完全栄養食。

LINEや微博やFacebookなどのメッセンジャーでのやりとり、文末に「!」を多用しがち!

早速だがパソコンとインターネットの違いを教えてもらおうか!

メンタクなう。(メンタルクリニックを僕はメンタクと呼ぶことにしている。イケメンっぽいし、麺が選べそうだし)

全人類の7人に1人が彼氏。

若者「鴨さん、無人島に何か一つ持って行くとしたら何を持って行きます?」　かも「何も。選ぶの面倒だから」　若者「一つ決めてくださいよぉ」　かも「無人島に行かないし」　若者「もし行くとしたらです」　かも「無人島に僕が着いたら、その瞬間から無人島じゃなくなるでしょ」若者「ああ、面倒くせえなこの人!」

マトリッツォじゃくてマリトッツォだった。

意識は低いが血圧は高い浅生鴨です。おはようございます。

□100％の国

「国籍は日本かもしれないがお前は日本人じゃない！」「100％日本人以外は日本人じゃない」って言われたんだけど、日本人かどうかって国籍の話じゃないの？　国籍がある＝その国の国民なんじゃないの？

いや別に義務とか果たさなくていいならいいんだけど、100％っていう意味もわからんし。

日本列島で人類は誕生していないんだから、誰もが少しずついろいろ混じってるわけで、ほとんどの人は中国大陸と南方から来た人の混血でしょ？

というか、そもそも人類はみんなアフリカ大陸から来ているわけだしね。

なんだか最近、そういう感じのことを言われるケースがものすごく増えていて、やっぱり今の日本はあまり好きじゃないなあと思っている。

入りづらい専門店

神戸に帰ったときに、前から気になっていた万年筆専門店に行ってみたんだけど、なんかもう「うちに入れるのは万年筆の達人、マンタツだけ！」みたいな店構えで（本当は違うのかもしれないけど、超マジメな感じのお店だったので、そう見えた）入るに入れず、尻尾を巻いて逃げだしたヘッポコが僕です。

商品への想いや、店へのこだわりが強すぎるお店って、僕にはちょっと入りづらい。雑で適当なくらいがちょうどいい。その万年筆屋さんは、とてもいいお店だと聞いているし、ウェブサイトなどを見る限り、本当に素敵な感じなのですが、僕にとってはちょっと緊張する雰囲気だったんです。人見知りだし。

□試みと実験

今年は文学フリマやら私家版の出版やらに明け暮れた一年で、ずっと原稿を待っていただいているみなさんには本当に申しわけないと思いつつも、僕としてはどうしても本づくりのイロハを自分で体験してみたかったので、さらにお待たせすることになってしまった。本当にすみませんでした。お詫びします。来年がんばります。

実際にやってわかったのは、やっぱり出版社はすごいのだなあということで、これだけ手間暇かかる作業をぜんぶ、しかもものすごい点数の書籍でやっているわけで、さらには流通を担う物流や倉庫の動き、書店員のみなさんがどのようなことを考えながら仕入れて、お客様の手元へ届けてくださるのかまで、もちろん何もかもわかったわけじゃないものの、少しはわかったように思う。

基本的にこれまで僕は原稿を書くだけで、あとは出版社から先につながるみなさんにおんぶに抱っこになっていたのだけれども、その辺りのことまで想像できるようになったのは収穫だったし、今の出版流通のシステムに乗っかって書くのであれば、わかっていて損はない。

もっとも僕は、既存の出版流通システムとは違った、まったく新しいやりかたもあるのだろうなという予感も持っていて、それは今後何かの形で実験してみたいと思っている。

今年一年の間につくった私家版もある種の実験で、あちらこちらの雑誌やWEB媒体で書いたままになっていた僕自身の原稿をまとめた『雑文御免』と『うっかり失敬』では文庫本、同人誌『ブンガクフリマ28ヨウ』はアンカット装丁とKindle版をつくり、アンソロジー集『異人と同人』は雑誌の形態にと、すべて違うフォーマットを試してみた。

同人誌に書いていただいたみんなへの原稿料も、利益を分配するものと、印刷部数に応じて印税を払う方法の両方を試して、ギリギリどこまで原価率を守れば、あるいは何部売れるとリクープできるのか、さらには出版社が維持できるのかを試していた。

ゲームメーカーにいたころ、ゲームセンターへ卸す大型ゲーム機器は、部品の点数どころか筐体を止めるネジの本数まで削って、一円以下、それこそ数銭単位で原価を抑えていたのを見ていたし、レコード会社にいたときには企画の時点で徹底的に原価率とリクープ数を計算させられていたから、こういう実験は嫌いじゃないし、自分の裁量だけで試せるからおもしろかった。

まだいくつか試していないフォーマットや手法があるので、来年は、いやもちろん、お受けしている原稿を優先しつつ、そういう新しいものを試してみたい。

それにしても、私家版の文庫や同人誌が売り切れてしまって増刷するというのは予想外のできごとで、これは本当にありがたいことだと思っている。

今もまだ欲しいと言ってくださる方や、うちにおきたいと言ってくださる書店があるので、なんとかその声に応えられたらいいなと考え始めている。

思い切ってもう一度増刷して流通を取次にお願いすれば、これまで取引口座の関係で置いていただくことの叶わなかった書店にもお届けすることができるし、僕やお手伝いスタッフの手間もなくなる。そうやって試していく中で新しい施策や展開が考えられるかもしれないと思っている。

「ｎｏｔｅ」二〇一九年十二月二八日

☐ 僕はずるくて汚い

周りの人に迷惑がかかるのをわかりながら「だって仕方がないだろ。悪いけれどもあきらめてくれ」と言い切れることが本当に胆力があるってことなのかも知れない。

「僕はいいんだけどさ」とか「僕一人ならやれるんだけどね」っていうのが、いちばんずるくて汚い言いかたのような気がしてきた。

つまり、僕はとてもずるくて汚い人間なのです。

神はどこまで嘘をつけるか

語り手が神の視点の場合、神はその視点においてリアルであるべきなのか否か。文体のベースはそこで決まるような気がする。

「note」二〇二〇年五月四日

そもそも僕は岸政彦の大ファンで、たしか最初は『ビニール傘』を読んで何とも言えない衝撃を受け、そこから学者として書かれたいくつかの書籍にも手を出し、さらには著者が個人的につくって配っていた小冊子までをも、あれこれルートをたどって入手するほどのマニアだから、この『リリアン』の書評を依頼されたときには、きっと書評ではなく単なるファンレターになってしまうだろうなと思いつつも、こんなチャンスはもうないかもしれないぞとミーハー心で即座に飛びついた。

本作の題名からまず僕の頭に浮かんだのは、小学生時代に同級生の女子たちが休み時間に触れていた不思議な道具と、その底からニョロニョロと垂れる組み紐の思い出で、あれはいったい何だったのか、どうして彼女たちが夢中になっていたのかは今でもわからないままだ。それでも、その光景が頭に浮かんだ以上はなぜか原稿を読む前に自分でもあの不思議な編み物をやっておかなければならないような気がした僕は、近所の百円ショップへそそくさと出かけてリリアンのセットを買ってきた。パッケージの裏に書かれた説明書の文字は最近急激に老眼の進んだ僕の目にはなかなかつらかったが、なんとかセットしてリリアンを編み出した。

何度か編んでいるうちにだんだん要領がわかって、ピンのついた筒状の道具を回しながら編み目をつくっていると、やがて道具の底から弱々しい組み紐が垂れてくる。なるほど。リリアンとはこういうものなのか。

そうして僕は原稿を読み始めた。もしここに登場するリリアンがこの編み物でなかったらいったい何をしているのかという話になるのだけれども、リリアンはやはり僕の頭に浮かんだリリアンだった。よかった。

主人公はベーシストである語り手の「俺」。けれども作中でその名が呼ばれることはない。そんな俺となんとなく付き合うようになる美沙さんには大きな後悔があり、その美沙さんからせがまれて繰り返し語るリリアンの思い出には俺の苦い後悔がある。俺と美沙さんとのやり取りには鉤括弧が使われていないため、二人の会話は区切りなく溶け合い、やがて地の文とも混ざって、現実とも夢ともつかない不思議な感覚を読み手にもたらす。そこにあるのは永久に解りあえないと知りながら、それでも理解したいという強い渇望だ。登場人物は、誰もが傷つき悩み、それでもやさしく笑っている。そして、彼らとの交わりの中にしか俺は存在できない。組み紐の中空が編まれた糸の内側にしかないのと同じように。

　本作の舞台になっているのは古く薄汚れた大阪の街で、そこではあらゆる色に墨が混じり、物語の隅々までが煤けているのに、どこか懐かしい匂いが漂っていて、たびたび描かれる闇の暗さとその中に浮かぶ様々な光の描写が、かつて手が届きそうだった何かを諦めつつも、まだ諦めきれずにいるもどかしさを、その匂いとともに僕に感じさせる。

　何に使うのかさっぱりわからない組み紐は、中空を抱えて伸びていく。しばらく編み続けて、ようやくある程度の長さになった組み紐を手に取ると、きつく編まれた部分と緩く編まれた部分があってなんとも無様だし、ところどころ編み目をつくり損なって綻びになっている個所もある。

　小さな失敗は、組み紐の中に永久に留まって、あとからではもうどうすることもできない。人生もまた同じなのだろう。後悔はいつまでも僕たちの胸に残り、ふとしたときに記憶とも夢ともわからない鈍く煤けた物語としてよみがえってくる。

くるくると回るリリアンの筒は、循環コードのように一定の規則で編み目をつくっていく。傍から見れば同じ作業を繰り返しているだけだ。でも、編まれる糸は一定ではない。同じ曲を演奏しても毎回何かが違うのと同じように、あるいは水面や光の揺らぎが無限に繰り返されながらも、けっして同じ形にはならないように、まったく同じことは二度と起こらない。

音の美しさがあらかじめ決まっていたとしても、奏でる者がいなければその美しさは生まれないと俺は言う。だから何度も失敗し後悔の綻びを抱えても、僕たちはなんとかその音をなぞろうとするのだろう。互いに綻びを抱えたまま、誰かと音を重ねたいと願う。ただ一度だけを繰り返しながら、僕たちは生きていく。

やさしく他者たちが混ざり合うこの世界にしばらく浸っていたい。そう思っているところで物語は唐突に終わる。ここから先は、僕自身で編むしかないのだ。

新潮社「波」二〇二一年三月号

□とにかくめんどうくさい

インタビューを受けたときの原稿はいっさい直さない主義です。「念のために」と送ってくださる人もいますが、見ません。書き手に全部お任せです。事実関係、日付け、誤字脱字の確認もしません。言ってないことを言ったように書かれても、話がまるで変っていても気にしません。

インタビューって、自分の放った言葉がどう受け取られたのかっていう認識の歪みや、基礎知識の違いが出てくるからおもしろいわけで、言ったことが違う話に変えられていたり、言ってないことを言ったことにされていたりするほうが、むしろ楽しい。

わざわざ直すくらいなら、最初からぜんぶ自分で書くよ。めんどうくさいから。

とにかく世の中のほとんどのことは、めんどうくさいのだ。

枝豆の　塩粒透ける　夏夜空

暑いなり　暑い夏なり　暑いなり

山合いに　汽笛聞こえて　雪景色

まったく読む必要のない記事です

いくらスクロールしても意味はありません。

※もともとのWEB記事では延々とスクロールが続くだけでした

「ｎｏｔｅ」二〇二〇年十一月九日

基準は自分の中にある

実家が骨董屋なもんだから、
古伊万里だの掛軸だの時代箪笥だのを
なんとなく目にして育ってきた。
僕はどちらかと言えばモダンなものが好きなので、
店に置いてあるものはそもそもたいして好きじゃない。
それでも
見ればだいたいどういうものかは判るのだから、
何かに長く接することにはそれなりの学習効果があるようだ。
よく聞かれるのが値段なんだけれども、
実は、僕は値段というものを気にしたことがなくて、
数百万円の飛鳥仏が置いてあっても興味がなければ

「ふーん、つまんない」と言うし、
ガラクタの中に紛れ込んでいる絵を見て
「これが欲しい」と思うこともある。
もちろん芸術的な価値判断で値段が変わることはあるし、
だからこそ目利きという言葉があるのだけれども、
基本的に値段というのは他人による総合評価なのだから、
他人の評価なんて意識しないで、
自分の基準でよく見て深く考えるべし。
骨董店の店先で、僕はずっとそう教わってきたような気がする。

□かつてそれは確かにあった

ここのところずっとテレビの未来について考えている。というよりも未来のテレビについて考えているのかもしれない。

多様化する社会に応じて断片化する情報。コンテンツドリブンと言いながら、僕たちは結局、そのコンテンツの表層だけを単純化したものを消費する。どこかの誰かが論評したものを通じてコンテンツを知った気になる。まるで粗筋だけを知っただけで、書物を読んだ気になるのと同じことだ。

それを読書というのだろうか。それをコンテンツを体験したというのだろうか。もはや僕たちにブームは来ない。あまりにもニッチに分かれてしまったニーズに対応するコンテンツでは、老若男女万人が知る流行はもう作り出せない。

この断片化が極端に進めば、きっと世代を超えた共通体験はフィジカルなものだけになるのだろう。

あの夏は暑かった。地震で揺れて怖かった。寒波がすごかった。イナゴが大量に発生した。

それはもしかするとクラスタと呼ばれるもので分断された〝部族〟による新しい原始社会の到来なのかもしれない。

僕たちはこのプリミティブな情報分断を乗り越えて、ふたたび文明社会をつくることが出来るのだろうか。

かつて教養と呼ばれた共通体験を持つ時代は再び来るのだろうか。

□僕は好き嫌いが多い

僕は好き嫌いが多い。もちろん食べ物の話だけれども、食べ物以外にも好き嫌いは多い。かなり多いのに、あまりはっきり態度には出さないようにしているから、そのほとんどは気づかれていないと思う。

さて、それじゃあいったい僕は何が好きで何が嫌いなのか。そう思って今あらためて考えてみると、どうやら好きなものというよりは嫌いなものが明確なだけかもしれない。だからといって、嫌いな食べ物をここであげれば、生産者にも悪いし、今まで僕に何かくださった方や、いっしょに食事をした人たちなんかが、ええっ、あれ嫌いだったのと驚くだろうから、わざわざあげることはしない。まさかと思うものが嫌いなんですよ。平気な顔をして食べているけれど。

前にもこのｎｏｔｅに書いたはずだが、そもそも食べ物に限らず、映画にせよ、音楽にせよ、小説にせよ、嫌いなものはあまり口外しなくていいと僕は思っている。好きなものを好きと言うだけでいい。

信じ難いことだけれども、僕たちはものごとをちゃんと認識する前に、好き嫌いを決めている。好き嫌いが先にあって、あとから理由を見つけているのだ。だからその理由には論理がない。あるように見えるけれどもない。

嫌いの表明は、それを好きな人を傷つけることが多い。好きの表明だってもちろん誰かを傷つけるのかもしれないけど、少なくとも嫌いを表明するよりは、傷つく人は少ないように思う。

論理のない好き嫌いは、批評や批判とはまるで違うものだ。

批評や批判であれば、それは創造的な行為で、批評には批評の厳密なルールや原則があって、はたしてきちんと批評できるだけの基本的な素養がお前にあるのか、訓練を受けているのかと問われると、僕には自信がない。結局のところ好き嫌いに理屈を上乗せするくらいのことしかできないから、だったら何も言わなくていいだろう。

知っていた

その場限りの下卑た冗句ばかりは
どこまでも風の勢いに乗って
消える気配などないのに
切実な願いと祈りの欠片は
たちまち笑い捨てられて
ネオンの渦に飲み込まれて
最初からなかったかのように
扱われることを

知っていた

嘘とごまかしと言い逃れを
平気な顔で並べ続ければ
その顔を黙って見ていれば
やがて倫理の旗は忘れ去られ
屁理屈が理屈を塗りつぶし
歩き出そうとするこの一歩を
諦めの重力が引き止めることを

知っていたのに
何もしなかった
何も言わなかった

知っていた

逃げ場のない暴力に息を潜め
朝も昼も夜も腹をすかし
すぐ隣の軒の下の日陰の中で
いつか時が経ち大人になる秋の訪れを
ただじっと待ち続けている子供の目が
もうほとんど光を失いかけていることを

知っていたのに
知っているのに

□ヤツら、ただものじゃない

いま僕は、来年の東京パラリンピックを目指すアスリートたちを紹介する六十秒の短い映像をつくっている（ようするにCMなんですが、クライアントがNHKなのでCMとは言わずにミニ番組と呼んでいます）。

思えばもう十五年ほどパラスポーツ関連のことをやっていて、ここしばらくはパラ・アスリートたちを、ここにこんなにカッコいいアスリートがいるからみんなで応援しようぜ、このすごい選手のことはとりあえず覚えておこうぜ、というように、障害のことにはほとんど触れないまま、ただ一人の選手として紹介できないだろうかと考えを巡らせてきた。

身体障害の多くは見ればわかるのだし、そんなことはわざわざ説明しなくてもいいだろうと僕は思っているけれども、もちろんいろんな考え方があって、ちゃんと障害について丁寧に説明したほうが興味関心を持ってもらえることもあるだろうし、だから特に何が正しいということはなくて、僕は僕の考え方、僕のやり方で映像をつくるだけのことだ。

正解などない。それぞれのやり方でパラリンピックを盛り上げていければそれでいい。

ただ、『伴走者』を書いたときもそうだったのだけれど、ともするとパラスポーツには、いつも苦労だの逆境だのひたむきさだの努力だのという言葉がつきまとい気味で、僕はそれがあまり好きではないから、この依頼を受けたとき、そういった言葉とはまったく関係ないところで、純粋にカッコいい者をカッコいい者として見せたい、同時に、どこか軽くて笑えるようなものにしたいと思った。ひたむきな姿や苦労している様子を重厚に見せるような映像はたくさんあるしね。

だから今回つくった六十秒は、もちろんパラ・アスリートたちを紹介するものだけれども、僕たちのチームは、単に選手を紹介するだけのＣＭをつくるのではなく、もっと先の何かをつくろうともがいていたような気がする。

こうした映像にパラ・アスリートを起用するとき、僕たちはどこか臆病になる。

つい遠慮がちになる。

だからこそ今回は、あえて大袈裟にしたかったし、むしろ、やり過ぎなくらいでちょうどいいのだと考えた。

そこにはたぶん、こんな演出をしたっていいのだ、パラスポーツ関連だからといって、常に真面目である必要はないのだという、ある種の提案をするような気持ちもあったように思う。

普通のテレビ番組に比べれば六十秒は本当に短い。僕のチームの持ち時間はわずか六十秒だけれども、その六十秒でアスリートたちを、カッコよく、おもしろく、ちょっぴり笑いを交えて、今までなかったような派手な見せ方で強く印象に残すのだ。大袈裟でいい。やり過ぎていい。

なにせ、ヤツらは、ただものじゃないのだから。

この企画がうまくいっているのかどうかは、よくわからない。うまくいっていると自分では思っているのだけれども、企画を始めたのが去年の九月末で、かれこれ半年近くもやっているから、たぶん感覚がどこか麻痺しているようにも思う（当然お財布だって麻痺しているが、恐ろしいことにこちらは「思う」ではなく、紛れもない現実だから辛い）。だから、もし何かの機会でヤツらのただものじゃない姿をご覧になったら、忌憚のない意見を聞かせてください。

どうやら今日、明日あたりから最初の数本が流れ始めるようです。どこかのサイトにアップされたら、あらためてご案内します。

「ｎｏｔｅ」二〇一九年三月二十八日

♪ 東京ロックダウン

眠れない夜　終わらない夜
ネオンの残像　目蓋に残して

オレたち行き場もなく
ただ二人ずっと歩いてた

暗がりのトンネル　出口のない未来
知ったかぶりして　逃げ出す大人
投げつける石は　オレたちの痛み

東京ロックダウン　ああ　いつまで
東京ロックダウン　まだ　やれるさ

最後の仕事

最初に思いついて企画を書いたのは8月でした。でも、なかなか意図が分かってもらえないし、そんなの普通じゃないよ変だよって言われるし、どこからも予算が出ないいし、やっぱりもうダメかと思ったこともありました。

それでも、どうしてもつくりたくて。これがやりたいんですと、制作プロデューサーや監督に話をして、準備だけは進めているうちに、どうにか理解してくれる人が出てきて、少ないながらも予算の確保ができました。

ところが、今度は出演してくれる人がいないという壁。

誰か紹介して欲しいと細い細い糸をたぐったり、むりやり人を探しに遠出をしたり。

なんとか人が見つかって、いよいよ臨んだ雪山での撮影は、まさかの大雪直後。ちゃんと撮影に行けるかどうかもわからない状況の中で監督とカメラマンは、すばらしい絵を撮ってくれました。

きのう、最後の編集とナレーションの収録が終わって、先ほど、放送用のフォーマットへの変換が終わりました。

足掛け半年の企画はなんとか無事に形になりました。

あとは放送されるのを待つだけです。僕は受注生産型の人間なので、発注してくれた人の要求に応えることが最優先。自分から何かをつくりたいと思ってつくることはほとんどありません。今回、珍しく自分でつくりたいと思ったＣＭをつくってみたら、そういうのは、やっぱり性に合わなかったみたいで、今、ものすごく気が抜けています。気が抜けすぎて、熱が出ています。今のところ、ほぼ廃人です。他の人から見れば、たいしたことのないものかも知れません。

どうしてこんなＣＭに、そんなに手間ひまをかけたのかと不思議に思われるかもしれません。

でも個人的には、最後にこの仕事ができてよかったなあと思っています。

一緒につくってくれたみなさん、本当にありがとう。

『街の上で』を観てきた

『街の上で』を観てきた。

僕は『知らない、ふたり』で今泉監督を知って、遡って観た『サッドティー』で完全にファンになって、もちろんそれ以降の作品もぜんぶ好きなんだけど『街の上で』は中でも格別だというか、ああ、これぞ今泉監督だなあと思ったのだった。

『街の上で』の一般劇場公開はまだ先だし、今は『ｍｅｌｌｏｗ』と『ｈｉｓ』があるから、手元にメモだけを残しておいてもうちょっと公開が近づいてからまとめて感想を書こうと思っているけれども、役に立ったり、便利だったり、得をしたり、ともすれば上手くいくことだけが重要で、損をすることや失敗を避けがちな最近の風潮の中で、何もないことを、上手くいかないことを大切にして、その揺らぎを丁寧に描く今泉さんの映画は、むしろ今だからこそ必要だと僕は思っている。

「何もない映画にあるもの」についての感想をいずれまとめて書くつもり。
とりあえず『ｍｅｌｌｏｗ』と『ｈｉｓ』を観なきゃなあ。

「ｎｏｔｅ」二〇二〇年一月十七日

選挙に興味ない、行く気がしない、関係ないと言う若い人には「誰でもいいから、こいつメチャ頭おかしいんちゃう？　ヤバいんちゃう？　って思う人に投票したらもしかしたら世の中メチャクチャになっておもしろいかもよ」と言ってる。たいてい「せっかくだからいちおう考えて入れました」って言うんだ。

死んだ先に出会うのが「整い」なのです。極楽浄土とも呼ばれています。今のところ、サウナで本当に整った人などいません。

なんでマーベルやＤＣは僕に出演オファーをしてこないのだろうか。ずっと待ってるのに。

幡野さんの人生相談は、いつも相談者が現実的にとれる対応を答えている。理想論でも社会一般の話でもなく、ただ、その個人がいますぐ実際にできることを。理想論や一般化に逃げない。だから凄みがある。ちなみに、あらゆる相談をぜんぶいつのまにか自分の話にしているのが、燃え殻さんの『相談の森』です。

おやおや、君の首の上に乗っているのはボーリング玉かい？

マックで高校生が「浅生鴨の本をさらに2冊買ったら、友達にも彼氏ができた！」って。みんなも急げ！　彼氏なんて、何人いても困らないから！

□対案よりも

どんなものごとにも対案を出すことはできると思っている人がいるみたいで、ときどきびっくりさせられる。

否定そのものが対案だってこともあるし、そもそも課題設定をまちがえていれば、どんな案や対案を出しても、意味がない。

課題の設定をまちがえていたり、共有ができていなかったりする状態で「だったら対案を出せ」という人は、我が意かわいさのあまり、視野が狭くなっているんじゃないかな、という気がする。

まずは課題の設定を丁寧に共有するところから始めなきゃね。

□僕の役には立つ

いくつものゲラを抱えていてわりと混乱している。ゲラというのは印刷物の試し刷りのことで、校正刷りともいう。これを見ながら文字に間違いがないか、事実関係の見落としがないかなんてことを確認して、もし間違いがあれば直していくし、同時に文字の大きさや配置などのレイアウトやデザインも確認する。

昔は本当に試し刷りだったのだけれども、最近は印刷機で刷ったものではなく、プリンターから出力したものを使って文字などのチェックを行うことが多い。活字を組むのではなくデータからそのまま印刷するようになったので、出力したものでも同じ作業ができるのだ。紙も最終的に印刷するものとは違って、いわゆるコピー用紙にプリントされている。だから、厳密に言えばゲラ（ゲラ刷り）ではないのだけれども、慣習でそう呼ばれている。

僕の場合、広告のポスターなど、色味を細かくチェックしたいものは実際に使う予定の紙に試し刷りをして、丁寧に色や明るさを確認するけれども、特殊なデザインを施していない限り、書籍の本文は実際に刷る紙でなくとも構わないと思っている。そのへんは人に依って違うのだろうが、他の人がどうしているかは知らない。

修正を入れる必要のないゲラはない、と思う。どんなに細かくチェックをした原稿にも誤植や書き間違いは残るし、そのときどきの書き手の気分によって格助詞の使い分け、文末の流れ、文字の統一性などは変わってくるから、先週一度直したものを今週見たらやっぱり元に戻したくなることもあるし、来週あらためて見れば、きっとまた変えたくなるだろう。数年後ともなれば、感性だって変わっているから、場合によってはごっそりと書き換えたくなるはずだ。期限がなければ、原稿は永久に完成しない。

ともかく、いま僕の手元には年明けに出る予定の単行本やら文庫本やらのゲラがいくつかある。つまり確認と修正が必要な紙の束がいくつかあるということだ。僕はかなり書き直すほうで、ときには一章ぶんを頭から終わりまで平気でぜんぶ書き直すこともあるから、編集者や校正者、デザイナーや印刷所にずいぶん迷惑をかけている。

そんな作業をしながら、一月に刊行予定の本のゲラを頭から読み直して、はたしてこれで大丈夫なのだろうかと、ちょっと不安になった。

これは実用本というかビジネス書というか啓発書というか、そういった分類のなされる本で、たいていの場合、この手の本は何かの役に立つことを求めて読まれる。何かに迷っている人が、解決策を求めて読み「ああ、なるほど、わかった」と手を叩き膝を打つために提供されるタイプの本なのに、どうも僕には、これを読んだ人は、より一層困惑するんじゃないだろうか、何かに迷っている人を、さらに迷路の中に連れ込んでしまうんじゃないだろうかという気がしてならない。

誤字脱字をチェックするためにゲラを読んでもらった何人かからは「いや大丈夫だろう。そこまでひどく困惑はしないから」「この迷路なら、迷ってもきっと戻ってこられるはず」「人によっては役に立つ何かを見つけ出せるかもしれない」という、どちらかといえばまったく励ましにならない感想をもらっているので、なおさら不安が強くなる。

本のタイトルを『だから僕は、ググらない』という。

これが誰かの役に立つのか立たないのか、僕にはまるでわからないけれども、普段から僕は「生産性なんて知ったことか」「何かの役になんて立つもんか」と思っているので、励ましにならない励ましを励みにして、このまま押し切るつもりだ。

ああ、そうかも。少なくとも、みんなが買えば僕の役には立つじゃないか。僕のあそぶかねには役立つじゃないか。だとすれば、これは僕のための実用書なのかもしれない。ものすごく実用書なのかもしれない。

いいな、わかっているな？　買うまでが読書なのだぞ。

「ｎｏｔｅ」二〇一九年十二月九日

何だか気味が悪い

それについて何かを言うことはあまりよいとは思っていないのに、ついうっかり口にしてしまうことがある。

最近で言えばスタップ細胞にまつわるあれこれだ。

僕は生化学についてほとんど知識を持っていないどころか、基礎的なことさえよく分かっていないのだから、あの細胞については「よくわからない」という以外に発することのできる言葉を持っていない。

論理的に理解することを放棄すれば、感情的に判断するだけでいいのだから、新しい発見をしたのだと主張し続ける科学者を揶揄することも擁護することも簡単だし、一方で、あの科学者に対するメディアや所属機関の対応について同調するのも憤るのも、また簡単なことだ。

人は、自分でも気づかないうちに直感に従って正しい判断を下すことがある。感情が論理に優先することはある。

でも、あの一連の騒ぎの中で僕が感じているのは「何が正しいのか」「何が本当なのか」を真摯に説明する態度も、それを丁寧に聞く態度も放棄されていることで、「何だか気味が悪い」という畏怖の感覚だけなのだ。

そこにはもう科学も科学ジャーナリズムも存在していない。

ある仮説が多くに受け入れられるためには、一定の条件を満たし、反証に耐える必要がある。その仕組みがあるからこそ、科学は科学でいられるのだ。

スタップ細胞の発現にあの科学者が成功したのかどうか、本当に細胞があるのかどうか、僕はそこには興味がない。

それはいずれ明らかになるものだし、一刻を争って報じるべき話題でもない。

それなのに、やっぱり何か言いたくなってしまうのは、きっと僕も感情を優先させてしまっているからなのだろうなあ。

オンライン会議

「で、次のZOOMどうします？」

「私はfacebookがいいんですけど」

「了解です。みなさんfacebookのZOOMでいいですか？」

「あ、すみません、うちマイクロソフトが基本で」

「じゃあ次回はマイクロソフトのZOOMにしましょう」

「はい。マイクロソフトのZOOMですね」

「了解です」

柔らかいところ

「鴨さんって変なことしか考えてないんですか？」

「そんなことないよ。僕けっこうマジメだよ」

「でも、たぶん脳みそはフニャフニャですよね」

「ふっ。フニャフニャなのは脳みそだけじゃないぜ」

一億総安心

本当は「一億総活躍」よりも「一億総安心」なんだよなあ。安心して暮らせるベースがあるからこそ、活躍できる人たちが出て来られるわけで、全員を足元のグラつく崖っぷちに立たせて、さあ、みんな活躍しなきゃダメだよ、ってのは本当に優しくないやりかただと思う。全員に跳べる力があるわけじゃない。

🐦みんな、想像だけで終わらせるな。行動！　実行！　購買！　振り込みッ！！

🐦ゴルゴ13の弱点「禁煙できない……」

🐦今後、僕の原稿はすべてキャプテン・システムで送ります。

🐦おくすり飲んでぼうっとしているから、本音を吐露するぞ。誰かうっかりまちがえて僕の口座に2兆円ほど振り込んでくれ。

🐦関係者への取材によると、凶器は文庫本のようなものと考えられており

🐦やりたいことなんてないし、やらなきゃならないこともない。ただ、気づいたらやってるだけなんだ。しかたなくそうなってるだけなんだ。

🐦ごはんに水餃子をのせて、醤油とお酢とラー油を垂らして餃子丼にしたらおいしいよねきっと。ちょいと小ネギを刻んで散らして。

🐦「キャップ、ようやく凶器が見つかりました。この夏の日射しです！」

🐦新聞紙を丸めて思い切りGを叩いたら、半分だけちぎれて、体液をまき散らしながらこっちへ向かって飛んでくるときの恐怖心を僕は「Gショック」と名付けたい。

🐦50年ポンコツの僕が断言します。いろいろ無理です。

ことばの外

昔、新聞に載っていてスクラップした記事に、たしか静岡だったと思うんだけど、聞こえない人だけで構成されている暴力団があって、カタギの聞こえない人を手話で脅迫していたのが発覚して、メンバーが一斉逮捕されたってものがあったのをふと思い出した。

僕たちのように聞こえる人、音声でコミュニケーションを行う人は、声の高さや強さを変えて、言語外の情報として怖さや優しさを相手に感じさせることができるのだけれども、聴覚を使わずに手話で会話する人たちは、手話の形や速度を変えることで、同じように怖さや優しさを伝えることができるのだろうか、それとも顔の表情を利用して言語外情報を伝えるのだろうかなどと考えたことを覚えている。

僕はあまりちゃんと手話を勉強していないので、読み取ることも伝えることもさっぱりできないけれども、音声以外の言語ではどのようにして言語外情報を伝えているのかには、かなり興味がある。

と、ここまでたった今ぼんやりと考えたことなんだけど、ツイッターには長すぎたので備忘録としてｎｏｔｅに載せておく。

「ｎｏｔｅ」二〇二二年十月七日

二番じゃダメな理由

親「どうして一番にならなきゃダメかわかるか？」
子「わかんない」
親「ふむ。では、日本一高い山は？」
子「富士山だよ」
親「そうだ、みんな知ってる。でも、二番目に高い山は知っているか？」
子「北岳。で、奥穂高岳と間ノ岳が同率三位で、五番目が槍ヶ岳……」
親「ええい、黙れ、黙れっ!!」

♪ 夢と真実

どこかで　誰かが
何かを　している

ときどき　誰もが
何かを　してない

そうなのさ
そうなのさ

いつかは　誰かも
何かを　するだろう

ときには　誰もが
何かを　しないさ

そうなのか
そうなのさ

□僕の美男美女

福岡空港に着いてすぐに地下鉄に乗って天神へ向かった。空港でも地下鉄の中でも、なんだか美男美女が多いなあと思った。そして、東京へとんぼ返りをしたあと、羽田空港でもやけに美男美女が多いなあと思ったのだった。

そういえば、ネパールでも似たようなことを思ったし、女川や気仙沼でも同じように思った。つい先日に訪れた帯広やその前の稚内でも美男美女が多いなあと思ったし、ギリシャでもキューバでも台湾でもニューヨークでも平昌でもパリでもそう思ったから、たぶん世界は美男美女だらけなのだろう。どこへ行っても美男美女ばかりなのだ。

そもそもどういう人が美男美女なのかという明確で普遍的な基準などないわけで、そんなものは場所によっても時代によっても変わるのだし、だから僕がそう思えば美男美女なのだ。そして、たぶん僕はだいたいの人のことを美男美女だと思うのだろう。僕が美男美女だと思う人を、他の人も美男美女だと思うのかどうかはわからないけれども、別にそういうところで意見が合う必要はないし、賛同してもらえなくて構わないと思っている。

僕にとっての美男美女とは、見た目のことじゃない。うまく説明できる自信はないまま、とても雑な言いかたをすると「きちんと生きて暮らしている人」が、僕にとっての美男美女なのだ。だから、ほとんどの人は僕にとっての美男美女になる。

ところが、世の中にはきちんと生きて暮らしてる感じのしない人もいて、これもうまく説明できないのだけれども、人間の外側にもう一枚、人工の皮をかぶっているような印象をうけるのだ。その人ではない別の誰かがそこにいるような気がするのだ。そして僕は、そういう人には何の魅力も感じない。どれほど見た目が整っていようとも、彼ら彼女らを美男美女だとは思わない。

「ｎｏｔｅ」二〇一九年十月二十二日

□向こう側とこちら側

芸能ニュースにはさほど興味がないので、わざわざ読みにいくことはないものの、それでも何かしらのタイミングで目に飛び込んでくるのが、芸能人の結婚についての話題だ。誰と誰が結婚しようと、それは極端に言えば赤の他人のことで、僕にとっては心底どうでもいい話だから、せいぜい冗談のネタにするくらいのことはあっても、その程度の関心で終わる。

そもそもそういったニュースに出てくる人たちのほとんどを僕はよく知らないのだ。名前くらいは知っているけれども、具体的には何をしている人なのかをよく知らないし、別に知りたいとも思わない。

さらに「一般人と結婚した」なんて言われると、どうでもよさに拍車がかかる。拍車がかかるのに気になるのは一般人のことだ。その人が気になるわけじゃなくて、一般人という言いかたが謎なのだ。もちろんこれは芸能人ではないというニュアンスで使っている言葉なのだろうけれども、それじゃあ芸能人の定義は何なのか。どこまでが一般人でどこからが芸能人なのか。その線引きはどこにあるのか。

一般って何なんだろうか。僕はあらゆるものはグラデーションだと思っているから、何かをひっくるめてはっきり一般とそれ以外に区別するような態度には、少しばかり嫌な気持ちを覚える。雑な言葉遣いだと思う。世の中に「一般人」なんて者はいないのだ。

いや、どうでもいい話だ。芸能ニュースの記者たちは、ただ紋切り型を並べているだけ、いちいち「一般とは何か」なんてことを考えながら記事を書いているわけじゃないから、まったくどうでもいい。

ただ、何かにボーダーラインを引いて、向こう側とこちら側に分けようとする言葉に敏感に反応してしまうのは、たぶん僕には自分があらゆる境界線のどちら側からも弾かれるような感覚があるからなのだろう。もしも線を引かれてしまうと、自分はどちら側にもいられないと感じるからなのだろう。

芸能ニュースから考えるような話ではなかった。

正しい肩書き

たまに肩書きはどうしましょうかと聞かれることがある。人前で話すイベントなんかがあるとたいてい聞かれる。雑誌に記事を書いたときにも聞かれるし、インタビューを受けたときにも聞かれる。紹介文に使うらしい。

僕は肩書きなんてものはどうだっていいと思っているから、何でもいいですよ好きにしてくださいよと答える。肩書きなんてなくてもいいじゃないですかと言うと、相手は困った顔をして、やっぱり何かないとダメですからと求めてくるので、それじゃ手品師にしますと提案すると、いや、作家にしましょう広告プランナーにしましょうと決められてしまう。

結局好きにするのなら僕に聞かずに最初からそうしておけばいい。そもそも誰のために肩書きなんてものが必要なのか、僕にはよくわからない。肩書きがないと、何をしている人なのかがわからないですから、と言われたのだけれども、あったってわからない。

肩書きがあればその人のことが多少はわかると思うのは大きな間違いで、ただ肩書きに引っ張られて、わかった気になっているだけのことだ。どうせ何もわかりはしない。むしろ変にわかった気になられても困る。

たいていの場合、僕には作家だの広告企画者だのという肩書きがつけられるのだけれども、実際のところ僕は一日のほとんどの時間を事務的な作業に費やしている。ここのところ、その傾向はますますひどくなっていて、朝からメールの返事をし続けて、手紙の返事を書いて、経理の書類をまとめて、切れた電球を変えて、銀行で振り込みをして、通販している本の在庫を数えて、仕事場の入っているビルの管理組合からのアンケートに答えて、スケジュールの問い合わせに返事をして、請求書を出して、そんなことをしているうちにすっかり夜になっている。

いま僕は、そうした細かい経理や総務の事務仕事が終わったあとにしか、あるいはほかの人たちが動きを止める休日にしか、原稿を書くことも広告の企画を考えることもできずにいる。

つまり業務外の時間を使ってなんとか原稿やら企画書やらを書いているわけで、そうなると、これはもう仕事ではなく趣味と呼ぶべきだろう。

だからもしも今の僕に肩書きをつけるとしたら、作家でも広告企画者でもなく、事務職にするのがいちばん正しい。

ソウル行って焼き肉食べたい。仁川でサワラ食べたい。南仏でゴロゴロしたい。リスボンでバカリャウ食べたい。ロンドンでお茶飲みたい。台湾で小籠包食べたい。ミラノでピザ食べたい。ワルシャワで何だかよくわからないけどやたらと濃くて美味しいスープ飲みたい。ああ、旅に出たい。旅に出たい。

もう随分長く考えていることだけれども、民主主義と多数決って本質的に合わないよね。

ウインブル丼。

僕はお寿司大臣だけど「カレーも好き。餃子もたべたい。あと半チャーハンとかカーネル・サンダースの肉とかも」などいう失言を繰り返した責任を問われ辞任しました。撤回したのですが許されませんでした。本物の大臣なら撤回すれば許されるのに……。

どれだけ再放送されてもディレクターには1円も入らないのがわりと謎。

砂糖水を脱脂綿に染み込ませて、ちゅーちゅー吸うと甘いんですよ、僕は。

しかと拝見いたしました。
馬とも拝見いたしました。

『SF作家オモロ大放談』

小学生の男子なんてものは、少しでもみんなと違っていれば「あいつは変なやつだ」と排除しにかかるから、授業などそっちのけで奇妙な空想ばかりしていた僕が、それを友だちに話すことはなかったし、どうしても抑えられず作文にホラ話を書けば、先生から「嘘を書いてはいけません」と赤ペンで大きな文字を書き込まれる。僕にとって空想とは嘘ではなく実際の体験なのに、それは口にしてはいけないことのように感じていた。

そんなころ、通っていた古書店の店主が「次に読むとしたらこれだな」と勧めてくれたのがこの本で、表紙に載っている著者のうち何人かには見覚えがあった。びっくりした。ページの中では奇天烈な空想が爆発していた。もちろん時代を代表するSF作家たちの座談なのだから、おもしろくないわけがない。博識と空想を縦糸と横糸に織り成されるバカ話の広がりは僕を夢中にさせた。

本の内容よりも、こんなふうに真剣にふざける大人の存在が嬉しかった。仲間を見つけたような気がして、いつか僕もこんな大人になりたいと思った。
人生に大きく影響した本は数多くあるけれども、お前はそのまま大人になってもいいのだと最初に安心させてくれたのは、まちがいなくこの本だった。

講談社『群像』アンケート
いま再読したい「私を変えた一冊」
二〇二〇年十月号

ハリセンいっぽん

よくよく考えてみれば、ただ人を叩く目的のためだけにつくられているのだから、ハリセンってのはなんとも不思議な道具だ。ハリセンが何かわからない人は、この本のカバーに描かれた絵を見ていただきたい。最近はあまり見かけなくなったが、蛇腹状に折りたたんだ紙の片側をガムテープでぐるぐる巻きにしたあれである。昭和のコントや漫才で誰かの頭を叩くのによく使われていたあれである。パチーンと激しい音を立てるわりには、それほど痛くないが、それでもやっぱりそれなりに痛いあれである。

はたしてこの奇妙な道具、もともとはいったい何に使われていたものなのかと調べてみたら、なんと最初からハリセンなのである。言葉そのものは古典漫才の張扇に由来しているらしいが、最初から人の頭や顔を叩くための道具として昭和の漫才師が考案したものなのである。少なくとも、それなりに伝統のある芸事の中で使われていた道具が、戦後のコントや漫才で転用されたのかと思っていたから、違うとわかって驚いた。いやあ、まったく知らないことだらけである。

日常的にハリセンに触れることのない僕たちは、テレビ番組や寄席、お笑いライブといった芸事の場に登場したときか、せいぜいパーティ・グッズ売り場で見かけるくらいで、それ以外の暮らしの中でハリセンについて考えることはない。

たぶんハリセンについてちゃんと考えているのは、どれだけの数がいるかはわからないが、ハリセンをつくったり、使ったりしている人だけだろう。中でもいちばん真剣に考えているのはハリセンを使われる立場の人なのだろうと思う。

ほんの一握りの人だけがハリセンについて日常的に考えている。いや、それほどちゃんと考えているかどうかは知らないけれど、少なくとも舞台で使うたびに、どうすればもっと良い音が出るかだとか、壊れにくくなるかだとか、あるいはもっと安くつくれないかだとか、少しは何かを考えているはずだ。

さて、実はこの話はハリセンに限らない。

世の中には僕たちがまったく考えもしないこと、ほとんど関心を持たないことを日常的に考え続けているごく少数の人たちがいて、良いことも悪いことも含め、そういう人たちの組み合わせが世界を動かしているんだろうなと、手元のコピー用紙を折って小さなハリセンをつくりながら、僕はふとそう思ったのだった。

ネコノスの本

浅生　鴨著

雑文御免

これまで雑誌、ネットメディア、SNSなどの各所へ書いてきたエッセイ、ダジャレ、インチキ格言、短編小説、回文、エッセイ集『どこでもない場所』に収録できなかった掌編などを一処へ集めた著者初の無選別雑文集。

ISBN　978-4-9910614-0-0　C0195
A6文庫判　三八四P　定価 九〇〇円＋税

浅生　鴨著

うっかり失敬

「文学フリマ」用に、これまで各所で書いてきたさまざまな小文を集めてまとめた雑文集。あまりの量に、第一弾の『雑文御免』だけでは全く収まりきらず、しかたなくの第二弾。エッセイ集『どこでもない場所』に収録できなかった掌編も掲載。

ISBN　978-4-9910614-1-7　C0195
A6文庫判　三八四P　定価 九〇〇円＋税

浅生鴨／今泉力哉／岡本真帆／小野美由紀／古賀史健／ゴトウマサフミ／高橋久美子／永田泰大／幡野広志／山本隆博　ほか

雨は五分後にやんで

浅生鴨による責任編集の下、「『五分』という単語を作品中に使うこと」だけを条件に、各分野の書き手一九人が自由に書いた文芸アンソロジー集の文庫版。小説、エッセイ、漫画、イラスト、インタビュー、パズルなど、文芸同人誌の枠を超えた幅広いジャンルの作品を多数掲載。

ISBN　978-4-910710-00-6　C0195
A6文庫判　四〇八P　定価 一八〇〇円＋税

ネコノスの本

浅生　鴨著

あざらしのひと

月刊誌「GINZA」（マガジンハウス）での連載コラム「ゆるゆるジャージ魂」を文庫化。日常生活の中で見かける、ちょっとおかしな行動をとる人たちを独自の視点でゆるく優しくとりあげた軽妙コラムに、新たな書き下ろしを加えてまとめた一冊。

ISBN　978-4-9910614-9-3　C0195
A6文庫判　一二八P　定価　九〇〇円＋税

市原　真
サンキュータツオ
牧野　曜　著

まちカドかがく

ポッドキャストの人気サイエンス・トーク番組『いんよう！』から生まれた伝説の同人誌を文庫化。牧野曜、市原真による小説やサンキュータツオによる「お笑い文体研究」など専門的な話題を興味のない人へ届ける『いんよう！』ならではの、ユニークな世界がぎっしり詰まった必読の一冊。

ISBN　978-4-9910614-6-2　C0195
A6文庫判　五四四P　定価　一七〇〇円＋税

幡野広志著

ラブレター

写真家が妻と息子へ贈った四十八通の手紙

治らないがんを宣告された写真家が、日々の暮らしの中で思い、考え、伝えて続けているのは、「自分たち家族のありかたは、他の誰にも振り回されることなく、自分たちで決めよう」ということ。エッセイでもない、日記でもない。それは、妻と子へあてた四十八通のラブレター。

ISBN　978-4-910710-04-4　C0095
A5判変型　二四〇P　定価　二二〇〇円＋税

ハリセンいっぽん

著者

浅生鴨《あそうかも》

neconos

二〇二三年　一月二十四日　初版一刷発行

発行人　大津山承子
発行所　ネコノス合同会社
郵便番号一五四—〇〇一一
東京都世田谷区上馬三—一四—一一
電話　〇三—六八〇四—六〇〇一
FAX　〇三—六八〇〇—二一五〇

印刷　シナノ印刷株式会社
製本　株式会社 宮田製本所
制作進行　小笠原宏憲
校正　斉藤里香
編集協力　茂木直子
装画　浅生鴨

定価はカバーに記載しています。

Printed in Tokyo, JAPAN

ISBN 978-4-910710-06-8　C0195